KB251892

맛의 섬에 살아

서울촌것 수라정착기

김규영 지음

문화도시 군산 + 수라갯벌 + 하제 팽나무

새로운눈 ®

저자 김규영

서울에서 나고 자라며 학·석·박사과정을 마쳤으나 서울에 대해 아무것도 아는 것 없는 서울 촌것이었다. 우연히 닿은 낯선 지역에서 세상에 대해서도 아무것도 아는 것 없음을 깨달은 명함집착형 경력단절인이다. 어설픈 강사, 배우, 주부, 엄마이자 평범한 기성세대 시민이다. 현재 군산에서 책모임과 책모임 네트워킹, 청소년모임과 청소년지원 네트워킹, 그리고 수라갯벌과 하제팽나무 살리기에 힘쓰고 있다.

왜 서울에 살아 -서울촌것 수라정착기
2026년 1월 26일 초판 1쇄 발행

지 은 이 김규영
펴 낸 이 이춘호

본문편집 이지현
마 케 팅 장기봉

펴낸곳 새로운눈

등 록 2002. 2. 22. 제2-4295호
주 소 서울시 중구 퇴계로32길 34-5(예장동)
전 화 (02) 2272 - 6603 팩 스 (02) 2272 - 6604
이메일 dangre@dangre.co.kr

ⓒ 김규영 2026

ISBN 9788993779073

● 군산문화관광재단 2025 문화예술진흥지원사업을 받아 제작되었습니다.

서울촌것 수라정착기

김규영

새로운눈 ^^

황새. 수라갯벌 물끝선 남북로

새사람이 될 수 있을까

뜨거운 여름 한복판의 수라갯벌.

새, 사람행진은 바로 이곳에서 출발을 선언했다. 260킬로미터의 도보 행진이었다. 대장정을 앞둔 두 발이 긴장으로 뻣뻣했다. 폭염에 지쳐 쓰러지는 것은 두렵지 않았다. 두려운 것은 패배였다. 새만금신공항 건설취소 소송의 판결을 한 달 앞두고 있었다. 패소의 결과로 공항 건설 예정지인 수라갯벌이 사라지는 것이 두려웠다. 패배보다 더 두려운 것은 패배 후의 외면이었다. "다시 하고, 다시 실패하고, 더 낫게 실패하라"는 누군가의 말은 생각나지도 않았다. 공항이 들어서야 지역이 발전한다는 목소리에 밀려 갯벌의 비명에 귀를 막을 내 모습이 두려웠다. 팽팽한 긴장감으로 곤두서고 있던 그때, 흐릿한 하늘에 황새가 날아들었다. 황새! 황새! 황새다!

행진의 각오를 다지는 수십 명의 사람들 앞으로 날개를 곧게 뻗은 황새가 가까이 날아들었다. 황새! 황새! 황새! 진행팀도 말잇기를 잊고 멸종위기 일급의 새를 외쳐 불렀다. 황새가 함께 나섰다. 큰뒷부리도요새가 행진 대열 앞으로 나섰다. 새와 사람이 함께 했다. 우리는 새 사람, 곧 새-사람이 되고자 무리지어 나섰다.

남태령을 넘어야 했다.
설움과 분노를 싣고 먼 길을 떠나온 농민의 외침을 번번이 가로막았던 남태령. 단 한 번을 넘지 못하고 실패를 거듭하며 돌아서야 했던 남태령 고개가 지난 겨울 드디어 뚫렸다. 윤석렬 정부의 12.3 비상계엄 내란이 흔들어 일으킨 시민, 민주주의를 지키려는 시민이 그곳에 있었기 때문이다. 시민은 정치 권력을 획득하기 위해서가 아니라, 자신의 존재 방식과 삶의 방식을 지키기 위해 응원봉을 들었다. 차가운 눈보라에 흔들리지 않았다. 오히려 빛나는 키세스단이 되었고, 남태령에서 농민의 트랙터와 연대했다. "다시 하고, 다시 실패하던" 농민의 트랙터는 응원봉의 찬란한 응원을 받으며 경찰의 방패막을 뚫고 신명나게 서울로 향했다. 뜨거웠던 추위의 현장을 수라갯벌에서 출발한 새, 사람행진이 넘어가려 했다. 남태령은 패배와 승리가 중첩된 고개다. 고개를 넘는 순간의 걸음 하나하나는 "더 낫게 실패하고, 다시 하는" 고개넘이의 선언이었다.

남태령 가는 길은 뜨거웠다.
나는 쇠제비갈매기 새모자를 쓰고, 『민중의 이름으로』 책을 옆구리에 끼고, 노란 피켓을 들었다. 쇠제비갈매기는 노란 부리에 날래게 비행하는 재주를 가진 여름 철새로 멸종위기 야생생물 이급으로 지정되어 있다. 그는 번식을 위해 수라갯벌을 찾아온다. 모래나 자갈이 깔린 맨 땅에 둥지를 틀고 알을 낳아 새끼를 키운다. '가짜 민주주의, 세계를 망쳐놓다'라는 부제가 달린 이브 모슬리의 책은 이문재 시인이 자기 시집보다 강력하게 추천해 읽게 되었다. 그날 저녁에는 시인과 이 책에 대해 이야기하는 북토크 자리가 예정되어 있었다. 노란 피켓에는 지구상에서 멸종한 작은 새 그림과 GENOSSIN 이라는 글자가 적혀있었다. 독일어 여성명사로 '동지'라는 뜻이다. 새, 사람행진단은 잠시 남태령 고개에 멈춰 섰다. 〈새 세상을 여는 새, 사람행진단〉의 기자회견문을 읽었고,

'생명상징함께행진'의 이름으로 각자가 아끼는 갖가지 상징물을 들고 뜨거운 아스팔트에 섰다. 새만금신공항 건설취소를 바라는 판결에서 패배할 수도 있다. 수라갯벌이 사라질 수 있다. 나도 소멸할 수 있다. 왜 아니겠는가. 앞서 실패와 죽음과 멸종을 감당한 생명이 우리 앞에 있었으니 언제든 내 차례일 수 있다. 두렵지만 가지 않을 수 없다. 가만히 있을 수가 없다. 떨리지만 함께 땀을 흘리는 동지가 있다. 흥겹게 먼 길을 갈 수 있겠다.

***

주변에서 무슨 일이냐고 내게 묻는다. 왜 갑자기 활동가가 되었느냐고 묻는다. 나는 전혀 활동가일 수 없었다. 거리에서 서슴없이 세상에 필요한 목소리를 높이 외치기를 주저하지 않고, 목소리를 내야 하는 곳이 어디이든 그곳에 살기를 주저하지 않는 진짜 활동가를 가까이에서 보았기 때문이다. 활동가가 아니라고 설명하면, 활동가도 아닌데 왜 그렇게까지 하느냐고 묻는다. 호기심이 많아 주변에서 일어나는 흥미로운 일에 궁금해할 수는 있어도 과한 것 아니냐고, 나도 나에게 묻는다. 도대체 내게 무슨 일이 일어난 것인가. 어떤 바람에 휩싸인 것일까.

집에서 동네 책방 한길문고까지 걸어가는 데 15분도 걸리지 않는다. 책방보다 책방이 자리잡은 사거리 모퉁이에 가는 일이 잦아졌다. 그곳에서 피켓 들고 서 있는 '선전전'에 함께하기 때문이다. 고작 일주일에 한 시간이니 어렵지 않다. 한 자리에 서서 오가는 사람들을 살피고, 주변의 간판과 신호등의 깜박임을 관찰하는 것도 흥미롭다. 때로 강아지도 산책 삼아 데려가고, 책을 가져가 읽기도 한다. '활동가' 소리를 듣기 시작했던 것이 바로 이 선전전 때문이었다. 피켓을 드느라 팔이 쑤시는 고생스러움이나 어려움도 없었던 선전전 때문이었다. 고작해야 피켓을 바닥에 세워 놓고 쓰러지지 않게 붙들고 서 있었던 '일주일에 한 시간'이었다.

한길문고 사거리에는 우리가 아니어도 다양하고 이채로운 선전전이 펼쳐진다. 한 달에 한 번 세월호 진상규명을 요구하는 단체도 있다. 얼마나 정기적인지는 모르겠으나 예수 믿으면 천국 가고 믿지 않으면 지옥 간다는 피켓을 들고 있는 사람도 있다. 신흥(혹은 사이비) 종교를 믿으라며 선물까지 나눠주는 사람들도 있는데 그들은 같은 자리를 몇 시간씩 지키고 있다. 나는 그들만큼 열성적이지 않고, 믿음도 굳건하지 않다. 나에게 매주 선전전 공지를 문자로 알려 주고, 내가 들고 있을 피켓을 트럭에 실어 오고, 피켓의 문구가 적힌 현수막을 능숙하게 묶었다 풀렀다 하는 헌신적인 '나의 활동가들'에 견주면 '일주일에 한 시간'은 '활동'이라 부르기에는 한참이나 미치지 못해 민망한 그 무엇이었다.

그런데도 활동가라고 불리는 농담이 싫지 않았다. 나는 오랫동안 나를 소개하는 말을 찾고 있었다. 구구절절 길게 설명하지 않아도 직관적인 단어나 짧은 문구로 나의 관심사와 나의 하루를 설명할 수 있기를 바랐다. 오래전에는 대학 강단에 선다는 이유로 '교수'라고 불렸고, 최근 9년 동안 '배우'라고 불리기도 했지만, 매번 구차한 변명을 덧붙여야 했다. 나는 논문을 쓰지 못하고 스페인 문학 박사과정 수료에 멈춘 시간강사였고, 영화나 극단이 아닌 플레이백시어터라는 낯선 장르의 즉흥극 배우였다고 길게 늘어놓으며 얼굴을 붉혔다. 한 번도 교수 못지않은 실력이 있다고, 배우 못지않은 능력이 있다고 자신하지 못했다. 고정적인 직장 없이 아이 둘을 낳고 집안을 돌보고 있음에도 '주부'라는 정체성은 강력하게 부정했다. 집안은 늘 어수선하여 이삿짐 부려놓은 꼴이고, 계절에 맞춰 옷가지와 이불을 챙기지 못하고, 냉장고는 유통기한을 넘겨 썩혀 버리는 음식을 보관하고 있으니, 주부라는 이름을 가질 자격이 없었다.

아무리 나를 설명하는 이름을 원했어도, 일주일 한 시간으로 활동가 이름의 근처에도 갈 수 없었다. 평범한 시민이라고 나를 소개했다. 나는 사회에 대한 큰 사명감도, 무거운 책임감도 없었다. 나이 마흔 넘어서야 세상 돌아가는 일에 조금이나마 관심이 생긴 소박하고 평범한 '기성세대'의 일원이었다. 적당히 쓰레기 분리배출에 신경 썼고, 환경과 지구 상태를 걱정한다는 표식으로 텀블러와 에코백을 사용했다. 정말 걱정을 하고 있다면, 보다 본격적이며 적극적으로 비행기를 타지 말아야 한다거나, 원전을 폐기해야 한다거나, 채식을 해야 한다는 '활동가'의 목소리는 못 들은 척하는 나는, 평범한 시민이었고 지금도 그러하다.

그렇게 평범한 시민의 눈에도 신경 쓰이는 일들이 생기게 마련이었다. 아무리 평범한 시민이어도 해야 할 말을 해야 했다. 다른 것도 아니라 내가 살고 있는 동네의 일이니, 곧 나의 일이었다. 동네에 남아 있는 유일한 갯벌을 매립으로 없애버리고, 그곳에 공항 짓겠다는 계획에 찬성할 수 없었다. 게다가 그 자리가 현재 운행되는 군산공항 바로 옆이라는 사실은 납득가지 않았다. 미군기지인 군산공항과 새만금신공항을 연결하는 도로를 만들고 그곳에 두 공항을 컨트롤하는 하나의 관제탑을 세운다는 것에는 화가 났다. 우리 세금 들여 미군기지 넓히는 것에 가만히 있을 수 없었다. 우리 동네의 군사적 위험도가 높아지는 것에 가만히 있을 수 없었다. 뭐라도 해야 했기에 일주일에 한 시간, 피켓을 들었다.

거리에서 피켓 드는 일이 익숙해지니, 기자회견에 따라가 피켓 드는 것도 어렵지 않았다. 집에서 15분 거리에 가는 것이나 1시간 거리에 가는 것이 다르지 않았다. 그렇게 조금씩 조금씩 가다보니 어느새 나는 〈새만금신공항 취소 판결을 바라는 새, 사람행진〉의 일원이 되어 함께 걸었다. 뜨거운 여름이었고, 얼굴은 까맣게 타올랐다. 판결 선고가 나오는 날에도 법원에서 피켓을 들었다. 전국에서 〈새, 사람행진〉에 관심을 보이고, 응원을 보내고, 행진에 동참했다. 오래전부터 활동가였던 사람들도 있었지만 많은 평범한 시민이 다큐멘터리 영화 〈수라〉를 자신의 참여 동기로 꼽았다. 영화를 통해 '아름다움을 본 죄'를 짊어진 사람들이 기꺼이 수라갯벌 보존을 위해 행진 길에 올랐다. 나는 영화 개봉 몇 달 전에 수라갯벌을 만났고, 황윤 감독과 새만금시민생태조사단의 오동필 단장을 만났다. 그들을 만나기 몇 달 전에 미군에 의해 쫓겨난 하제마을의 팽나무와 팽팽문화제를 알았다. 첫 번째 팽팽문화제가 시작되기 몇 달 전에 군산미군기지우리땅찾기시민모임과 평화바람이 새롭게 마련한 공간 평화바람부는여인숙을 알았다. 그때가 2020년 봄이었다. 몇 년을 거슬러올라가 기억을 더듬어보니 그곳에 활동가들이 있었다. 활동가들의 활동은 언제나 내 가까이에 있었지만 나는 관심 갖지않았다. 그 공간에도, 그 단체에도, 그 문화제에도 관심 갖지 않았다. 내 마음이 수라에 닿기까지 어떤 시간이 필요했던 것일까.

새만금신공항 취소 판결을 바라며 법원으로 향하는 〈새, 사람행진〉을 걸고 있었지만, 정부 정책을 뒤집는 승소를 기대하지 않았다. 패소를 각오하며 내게 물었다. 너는 활동가인가? 무엇 때문에 이곳까지 와 있는가? 교수가 되지 못하고, 배우가 되지 못했듯이, 활동가도 되지 못할 텐데, 왜 여기에 있는가? '평범한 시민'답지 않게 뭘 하고 있는가? 고향도 아닌 이곳 일에 유별나게 관심 두는 이유는 무엇인가? 역시 활동가라는 이름이 탐나서인가? 수라에 닿은 마음이 진짜인지 의심이 생겼다. 패소로 결론 나면, 바로 기운이 빠져 피켓을 내리고 등을 돌려 모른 척 외면할 것 같았다. 얄팍한 뒷모습이 창피하지만 그게 내 모습일 거라고 나를 의심했다.

군산은 낯선 곳이었다. 남편이 군산에 일자리가 생겨 옮겨왔을 뿐이다. 아는 사람 하나 없고, 아는 골목 하나 없는 지역 중소도시에서 몇 년이나 살 수 있을까. 십 년은 살 수 있을까? 근면한 시민답게 일터가 곧 삶터인 현실에 의문을 품지 않기로 했다. 낯선 도시에 이삿짐을 풀고 둥지를 틀었다. 둥지 밖이 낯설어 불평과 불만이 쌓였다. 두 명의 초등학생 돌봄에 전념해야 하는 경력단절인에게 서울의 볼거리 검색은 숨 쉴 구멍이었다. 한 달에 한두 번씩 서울 나들이로 답답증을 해소했다. 내가 머물 삶터에는 그 이상이 필요했다.

고향이 없는 나에게는 삶터의 앞날이 중요했다. 나의 삶터가 나의 미래향이 되어 주기를 바랐다. 대도시 서울에서 나고 자란 내게는 고향, 오래된 시골, 오래도록 이어진 마음의 장소가 없었다. 방학마다 아빠가 데려간 시골은 아빠의 고향이지 나의 고향일 수 없었다. 그리움도 친숙함도 없었다. 누군가와 음식을 가운데 놓고 도란도란 정을 나눈 기억도 없다. 고향(故鄕)이라는 단어에서 '향鄕'자의 갑골문은 가운데에 식기를 두고 양편에 앉은 사람 둘이 마주 보고 있는 그림으로 그려져 있다. 서로에게 음식을 주고 마음을 나누는 관계를 기억할 수 있는 장소를 우리는 고향이라고 부른다. 서울의 빽빽한 아파트는 내게 고향이 되어주지 못했다. 나는 고향이 없으니 어디든 삶터일 수 있었다. 동시에 어디에 살든 곧 떠날 곳이었다. 다음 행보를 위해 유보된 자리에 뿌리내릴 이유는 없다. 삶터를 옮겨 다니는 내게는 뿌리 대신 잘 굴러가는 바퀴가 달려 있었다. 마음이 수라에 닿으면서 퇴화되었던 얕은 뿌리가 꿈틀대고 있다. 내 삶터는 미래향이 되어갔다. 인간의 삶이 땅의 운명과 직결되어 있음을 알려주는 곳이었다. 바퀴를 거두고 뿌리를 내리고 싶어졌다. 혈연의 조상이 아닌 생명의 조상이 살았던 곳. 삶의 방식을 통시적으로 공시적으로 공유했던 곳. 자본의 시대에 저항하여 생명의 논리가 태어나고 시작하는 곳. 미래의 고향, 나의 미래향이 되어 갔다.

까맣게 탄 얼굴을 보고 소식 뜸한 친구가 묻는다. 어디 좋은 곳 다녀왔느냐고. 그렇다, 나는 뜨거운 여름의 갯벌을 가로지르는 황새를 만났고, 까맣게 그을린 얼굴로 기쁨의 눈물을 터트리는 동지를 만났고, 미래향이 있는 나의 수라를 만났고, 육백 년의 세월을 품은 하제의 팽나무를 만났다. 낯선 삶터에 닿은 나의 수라정착기를 들어 보겠느냐고 내가 묻겠다.

타일. PARADISO 90.

1장 낯선 삶터에 이르다

1. 서울 촌것

나는 서울 촌것이었다. 서울 밖은 모두 시골인 줄 알았다. 인기 드라마 〈응답하라 1994〉에도 나 같은 사람이 등장한다. '팔도 청춘 in 서울'이라는 부제대로 주인공들의 고향은 서울 밖 지역이었고, 그들은 서울에서 대학 생활을 시작하며 머물게 된 하숙집에서 만난 인연들과 천천히 끈끈한 우정을 이어간다. 학교 식당에서 다른 친구들과 식사하며 대화하는 장면이 인상적이다. 곧 다가올 방학에 무엇을 할지 신나게 떠들던 동기들이 주인공들에게 당연하다는 듯이 묻는다. "너희들은 방학 때 시골 가지?" 주인공들은 입 안에 있던 밥을

삼키지도 않고 반격하듯 외쳐 답한다. "시골 아니거든!" 맞은편에 앉아 있던 서울 애들은 얼굴에 튄 밥알을 떼어내며 황당한 표정을 짓는다. 조롱한 것도 아니고, 틀린 말을 한 것도 아닌데 왜 씩씩대며 흥분하는지 이해할 수 없다.

주인공들은 각자 순천시, 마산시, 삼천포시(사천시) 그리고 여수시 출신이었다. 엄연히 '시'라는 행정단위가 붙어 있어도 서울 애들에게 서울 밖은 모두 시골이었다. 드라마의 또 다른 부제는 '촌놈들의 전성시대'였다. 드라마 작가도, 드라마 시청자도 대한민국을 '서울시와 그 밖의 촌'으로 구분하는 것에 거리낌 없었다. 서울 동기들은 지역의 도시성을 헤아려볼 생각도 없이 '시골 애들'은 고향 얘기에 발끈하는 콤플렉스가 있다고 기억할 것이다. '예의 바른' 서울 애들은 시골 애들 앞에서는 시골이라는 표현을 삼가야겠다고 다짐했을 것이다. 내가 그렇게 무식했다. 어쩌면 아빠의 고향을 말하는 방식을 통해 습득한 오해일지도 모른다. 아빠의 고향은 경북 의성군 후평리이지만, 그곳의 위치를 짐작하지 못하는 대부분의 사람을 위해 인근에 있는 안동이라고 말하곤 했다. 서울에서 출발한 기차는 우리를 안동역에 내려주었고 그곳에서 택시나 다른 차량을 타야 후평리에 닿을 수 있었다. 의성군 후평리는 '안동시'가 아니므로 행정단위인 '시'를 빼고 '안동'이라고 구분했던 것은 나름대로 의식적인 표현이었다. 비록 '안동시'가 서울 밖에 있지만, 시골이 아닌 엄연한 도시라고 강조하기 위해서였다. 그러나 '안동'과 '안동시'는 실제로 구별되지 않았고 오히려 '안동시'는 애매하게 '후평리'와 등호 관계에 놓여버렸다. 결국 나는 아빠의 고향을 '안동'이라고 말하면서 '안동시'를 포함한 모든 서울 밖 도시들을 '시골'과 등호 관계에 놓는 무의식을 강화하게 되었다.

아빠가 방학마다 데려갔던 당신의 고향은 나에게 '할아버지 댁' 혹은 '시골'이었다. 가족여행으로 방문했던 다른 지역의 어느 바닷가, 어느 산, 어느 사찰도 모두 '시골'이었다. 학교 지리 수업에 달달 외워야 했던 '특산품 지도'는 서울 밖의 모든 지역을 과수원과 논밭의 이미지로 각인시켰다. '시골' 가는 차창 밖으로 아파트가 보이면 신기했다. 서울의 특산품인 아파트를 다른 지역에서도 발견하면 반가웠다. 아파트에서만 살아왔던 나는 서울의 오래된 중심가에서 지나치게 되는 주택가의 좁은 골목도 신기했다. 이런 곳도 다녀 봐야 한다며 아빠가 일부러 도심 뒷골목으로 우리를 데려가면 엄마는 지저분하다고 질색하며 싫어했다. 유난히 추위를 많이 타던 엄마는 아궁이를 쓰는 부엌이 있는 시골의 불편도 힘들어했다.

아빠의 '시골'은 나에게 다른 나라와 같았다. 아빠는 할아버지, 할머니나 삼촌, 고모들의 전화를 받으면 다른 말을 썼다. 일찍 고향을 떠나 오랜 타향살이, 서울살이로 아빠의 '사투리'는 내가 듣기에도 어눌하고 어설펐지만, 그래도 그는 수화기에 대고 천천히 사투리를 구사할 수 있었다. 내가 시골에서 가장 힘들어했던 것은 초등학교 고학년 무렵에 현대식으로 재건축을 하기 전까지 사용해야 했던 옥외 푸세식 화장실이 아니라 말이었다. 무뚝뚝한 할아버지는 조금 무서웠고 할머니도 다정다감한 편은 아니었다. 나 역시 곰살맞게 어리광부릴 줄 몰라 시골 어른들과 같이 있는 자리는 어색하고 서먹했다. 농촌의 일상은 분주했지만 놀 줄 모르는 서울 아이에게 몹시 심심한 곳이었다. 무료하여 할머니가 뭘 하시나 기웃거리며 얼쩡거려 보아도 가까워지기 어려웠다. 일의 순서와 방법을 모르니 잔심부름도 할 수 없었다. 말로 시켜도 알아들을 수가 없었다.

"니 가서 가새 가꼬 온나."

"네?"

"가서 가새 가꼬 오라꼬."

"네?"

"니는 왜 한국 사람이 한국말을 몬 알아먹노?"

"네?"

가까스로 가새가 가위를 뜻한다는 눈치를 챘어도 '갖고 오기' 위해 어디에 있는지를 물어야 했다. "네?"만 무한반복하면서. 할머니 말씀이 옳았다. 나는 한국말을 못 알아들었다. 서울공화국에 사는 내게 사투리는 외국어였고, 서울 밖에서 사는 삶을 상상하지 못했다.

남편의 유학으로 외국에 살게 되면서 서울을 벗어났다. 서울 밖의 삶은 도전적이며 흥미로웠다. 외국살이라는 징검다리가 있었기에 서울 밖의 대한민국에서도 살 자신이 생겼다. 귀국을 앞두고 남편은 어디서 살고 싶냐며 수도권과 충남 서산시, 두 개의 선택지를 내밀었다. 망설이지 않고 서산으로 갔다. 초등학교 입학을 앞둔 7살 큰아이와 5살 작은 아이를 데리고 수도권으로 가고 싶지 않았다. 귀 얇은 내가 맹렬한 사교육 열풍에 휩쓸려 순식간에 치맛바람 일으키는 헬리콥터맘이나 돼지맘으로 변신하는 모습이 그려졌기 때문이다. 서산이라는 낯선 '시골'이 두렵지 않았다. 유학 생활로 미국 시골에서도 잘 살았으니 걱정하지 않았다. 진짜 외국어를 쓰는 것도 아니지 않은가.

오만한 오판이었다. 서산시는 시골이 아니었고, 사교육 열풍은 수도권 못지않게 뜨거웠다. 상대적으로 공급이 적어서 안달 난 수요자의 불안한 마음이 더 자극했을지도 모른다. 아이들이 아직 어리다는 이유로 주춤한 덕분에 그 열풍에 가까이 가는 일을 피할 수 있었다. 서산시는 시골은 아니었지만 서울에서 맛보기 어려운 싱싱하고 맛있는 해산물을 좋은 가격으로 풍성하게 먹을 수 있었다. 시원한 연포탕과 오종종한 어리굴젓, 신기한 게국지는 충격적이었다. 맛이 좋아서 충격의 연속이라고 감탄했다. 진짜 충격은 집 근처를 걸어 나가던 어느 날에 마주쳤다. 주택가 뒷길이 아닌 도로에도 인도와 차도가 구분되지 않는 길이 많아 주차된 차와 주행하는 차 사이를 위태롭게 지나가야 했다. 두 사람이 지나갈 만한 폭의 인도 한복판에 무엇인가를 보관하는 용도의 공공시설물 이 놓여 있었다. 내 키보다 큰 시설물이 안심하고 걷던 길을 막는 것에 화가 났다. 어디에 전화를 걸어야 해결되는지 몰라서 허공에 분통을 터트렸다. 이 일로 귀국을 준비할 때부터 이어지고 있던 고민이 해결되었다. 두 아이를 미국에서 잘 낳아 키웠으니, 셋째도 낳아볼까 망설이던 것을 멈추었다. 안전하게 유모차를 밀고 다닐 수 없는 곳에서 아이를 키우고 싶지 않았다.

2년 후, 남편의 이직으로 군산시에 오게 되었다. 서산시보다 규모가 컸지만 문화적 갈증은 여전했다. 서산에 있을 때처럼 자주 서울행 고속버스를 탔다. 2004년부터 2010년까지 미국에서 한 번도 가지 않았던 서울의 모습이 궁금했다. 서울의 문화 소식과 예술 활동을 검색하는 것은 두 명의 초등학생 돌봄에 전념해야 하는 경력단절인의 숨 쉴 구멍이었다. 한 달에 한두 번씩 서울 콧바람을 쐬어 주어야 답답증이 가라앉 았다. 서울 사는 친구들보다 더 많은 공연과 전시를 보고 다

넀다. 그 무렵 시작한 즉흥극 연습과 공연으로 서울과 수도
권을 오가는 일이 더 잦아졌다. 고속도로에 뿌린 시간과 교
통비가 아깝지 않았다. 서울에 도착하면 내 몸 어딘가에 장
착된 스위치에 불이 들어온다. 걸음이 빨라지고 말과 생각의
속도가 빨라진다. 복잡한 전철 역사에서도 요리조리 지름길
을 찾아가는 내 날렵함이 좋았다. 서울특별시의 특별함이 낯
설지 않은 내 익숙함이 좋았다.

그러나 서울은 많이 변했고, 내 익숙함이 작동할 수 있는 구
역은 많지 않았다. 미국에 있는 동안 중앙 버스전용차로가
많이 늘었고, 기억하던 버스노선의 번호도 대부분 바뀌었다.
새로 생긴 지하철 스크린도어가 신기해 '안전유리벽문'이 언
제부터 있었느냐고 물어봤다가 친구에게 놀림을 받기도 했
다. 나는 살던 동네만 알았고, 가던 곳만 익숙했다. 사택 아
파트에서 살던 어린 시절, 단지 밖으로 나가면 펼쳐지는 낯
선 풍경에 어리둥절했다. 길눈 밝은 친구를 따라 사택 밖 가
게에서 아이스크림 하나 사 먹는 것조차 신나는 탐험이었다.
강남으로 이사온 후에도 늘 집과 학교 근처만 다녔다. 처음
으로 혼자 버스를 탔을 때, 부끄러워 정차벨을 누르지 못해

몇 정거장이나 멀리 가서 내렸다가 돌아온 일은 위태로운 모험으로 기억되었다.

두 살 위 남편은 왜 버스 차장에게 도움을 청하지 않았느냐고 의아해 했다. 중학생이 되어서야 처음으로 혼자 버스 탔으리라고 짐작하지 못했던 것이다. 버스 차장을 만난 기억이 없다는 말에 남편은 같은 세대가 맞느냐고 웃었다. 그는 연애 시절부터 나의 좁은 경험치를 놀리며 즐거워했다. 역시 서울에서 나고 자란 그는 어려서부터 친구들과 몰려다녔고 커서는 취향을 키우며 곳곳을 탐색했기에 모르는 길이 없었다. 어떻게 서울 시내도 모르고, 포장마차도 모르냐며 종로 뒷골목의 노포에 데려가며 으스댔다. 놀림을 받을지언정 그가 보여주는 서울의 속살이 신기해 종종거리며 따라다녔다. 나는 대학 입시를 치르던 날을 초조했다거나 시험을 망쳐 우울했다거나 하는 감정으로 기억하지 않는다. 그날은 버스를 탄 날이었다. 길 막히니 승용차보다 낫다며 엄마와 함께 버스를 탔다. 강북의 학교에서 시험을 치르고 강남으로 돌아오는 길에 어둑한 차창 밖을 보며 환호했다. 롯데백화점이다! 남산타워다! 한강이다! 입시를 끝낸 홀가분으로 들뜬 상태였지만 그것으로만 설명하기엔 과도한 탄성이었다. 나는 서울도 모르고, 서울 밖도 모르는, 영락없는 서울 촌것이었다.

2. 미국 시골살이

언제까지 고속도로에 시간과 돈을 뿌리고 다녀야 하는가. 답답했지만 군산에 그대로 머무르며 계속 서울을 오갔다. 원한다면 대도시로 옮겨 살 수도 있었다. 시어른들이 아이들 교육을 위해 서울이나 하다못해 대전에 따로 살림을 내라는 권유를 하셨어도 내가 원치 않았다. 서울이나 대전의 대도시에서 교육을 받는 것과 서산이나 군산과 같은 중소도시에서 교육을 받는 것이 다르지 않아야 한다고 판단했다. 사교육에 의존하지 않는 공교육의 가치를 내가 먼저 신뢰해야 한다고 생각했다. 그렇다면 나 역시 중소도시의 삶이 대도시의 것과 다르지 않다고 믿어야 하지 않는가. 나는 지역의 삶을 믿어야 했다. 미국에서 보낸 시골살이 7년의 경험이 한국의 지역살이가 가능하다는 신뢰의 근거가 되었다.

블랙스버그(Blacksburg)는 미국의 동부 버지니아주에 있는 인구 4만의 대학 도시다. 버지니아 공대를 중심으로 돌아가는 이 작은 도시의 시내, 다운타운에 형성된 나름의 번화가는 메인스트리트를 중심으로 뻗어 있었고, 그 길이는 100미터도 되지 않는다. 메인스트리트의 가게들은 대부분 아기자기한 소규모 직영 가게들이다. 미국 한인 유학생들 사이에는 코스트코(Costco: 도매 단위의 묶음 판매로 할인 효과를 내는 대형매장) 지표가 있었다. 인근에 위치한 코스트코 갯수로 해당 지역의 생활 규모를 가늠했다. 블랙스버그에는 코스트코가 하나도 없었다. 가장 가까운 코스트코는 3시간 거리에 있었다. 블랙스버그에는 한인 마트도 없었다. 한국 식자재는 물론, 한국에서 우편으로 받아볼 필요 없이 바로 한국산 소비제품을 구매할 수 있는 H마트는 페어팩스에 있었다. 워싱턴 DC 근처의 한인타운 페어팩스는 블랙스버그에서 4시간 거리에 있었다. 블랙스버그의 열성적인 한인 주부들은 4인 팀을 꾸려 차 한 대로 아침 일찍 출발한다. 한인 미용실에서 머리를 손질하고 한인 마트에서 장을 보고 저녁에 돌아오는 빡빡한 일정을 종종 수행했다. 게으른 나는 한 번도 동행한 적이 없다. 한류 열풍이 없던 시절이었지만 중국인 마트에서 파는 어설픈 김치와 라면 한두 종으로 충분했다. 물론 장거리 여행에서 돌아올 때는 반드시 H마트를 방문하고 트렁크가 넘치도록 한국 식자재를 구매했다.

블랙스버그는 작은 타운이었다. 미국에서 흔하게 볼 수 있는 샘스클럽 같은 회원제 창고형 마트도 한 시간 거리의 로녹(Roanoke)까지 가야 있었다. 알뜰하게 살림을 챙기는 바지런한 주부가 아니었던 나는 그곳에도 거의 가지 않았다. 15분 거리의 옆 도시 크리스찬스버그(Christiansburg)에 있는 월마트 같은 대형 할인점이면 충분했다. 나는 코스트코 지수 최하점인 '시골'이 좋았다. 애초에 월마트는 블랙스버그에 들어오려고 했었다고 한다. 그러나 지역의 오래된 가게들이 경쟁에 밀려 폐업하게 될 것을 염려한 마을 주민들이 합심하여 입점을 반대했다. 다운타운 초입에 자리 잡은 리릭극장(Lyric Theatre)이 지금까지 현존할 수 있었던 것도 시내 상인회로 대표되는 마을 주민의 힘이었다. 1930년에 문을 연 유래 깊은 극장이었지만 1980년대 말, 홈비디오 상용화와 멀티플렉스 영화관의 등장으로 경영 악화를 겪어 문을 닫아야 했다. 상인회가 후원금을 모으며 힘을 합친 덕분에 리릭극장은 10년 만에 다시 문을 열게 되었다.

나는 이곳에서 영화 〈기생충〉을 보았다. 2019년, 우리는 블랙스버그에 다시 돌아가 일 년 살이를 하고 있었다. 그해 봄, 칸영화제에서 황금종려상을 수상한 〈기생충〉은 가을이 되어서야 미국에서 개봉했다. 봉준호 감독이 말한 '1인치 자막의 장벽'을 넘어 보려는 미국인들과 나란히 앉아 우리나라 영화를 보는 기분은 색달랐다. 저절로 어깨가 쫙 펴지고 미소가 지워지지 않는 기분이라고나 할까. 옆자리 사람들이 부지런히 자막을 읽는 동안 나는 대사를 듣고 먼저 웃음을 터트렸다. 다른 사람들은 뒤늦게 따라 웃었다. 리릭 극장을 가득 채운 관객은 영화가 끝난 뒤 흥분을 감추지 못했다. 극장 주변의 카페와 식당에 빈자리를 찾기 힘들었다. 모두 귀가를 미루고 모르는 사람이라도 붙들고 방금 본 영화 이야기를 하고 싶어 했다. 미국인 부부를 포함한 우리 일행도 겨우 자리를 잡고 한참을 떠들었다. 오래전, 인형극을 보여주려고 아이들을 데려왔던 이 극장에서 아카데미 작품상, 감독상을 받은 한국 영화를 보게 될 줄은 몰랐다.

거의 10년 만에 다시 만난 블랙스버그의 모습은 여전했다. 2-3층 건물이 늘어나기는 했지만, 눈높이를 편안하게 하는 베이지색 단층 건물들이 주를 이뤘고, 오래된 나무와 너른 잔디가 펼쳐진 공원들이 그대로였다. 새로 나타난 개구리까지 나를 반겨주었다. 주먹만한 크기의 청동 개구리 상을 처음 마주친 것은 예전에도 즐겨 다녔던 하이킹 코스 길가였다. 며칠 후 똑같은 청동 개구리 상을 다운타운의 작은 개천을 건너는 다리에서 발견했다. 역시 별다른 표식도 없이 난간 아래에 놓여 있었다. 이상하고 재미난 일이었다. 말 없는 개구리에 강렬한 호기심이 생겼지만 당시 지역민 중에서도 개구리에 대해 알고 있는 사람이 많지 않았다. 네 번째인가 다섯 번째 개구리를 마주치고 나서야 2016년에 나타난 청동 개구리의 정체를 알게 되었다. 〈16마리 개구리 프로젝트〉는 블랙스버그 지표 아래를 흐르는 복개천이나 습지의 위치를 알리기 위해 시작되었다. 우리가 살았던 아파트 단지 바로 옆은 넓은 목초지였다. 산책길에서 소떼와 양떼를 수시로 만났다. 당나귀 울음소리를 익힐 수 있을 정도로 목가적인 풍경은 보기에 좋았지만 여름에는 은은하게 퍼지는 소똥 냄새를 견뎌야 했다. 10년 만에 같은 아파트로 돌아갔는데, 냄새가 나지 않았다. 어떤 과정을 거쳤는지 알 수 없었지만 수질 관련 연구 내용을 알리는 안내판이 목초지 개울가 산책길에 설치된 것이 달라진 점이었다. 개울의 수질 개선 등을 위해 버지니아 공대 연구팀과 민간단체가 협력하는 작업이 진행되고 있었다. 지역 예술가가 제작한 개구리 동상은 물길에 놓이기 시작했고 지역의 역사적 의미가 있는 곳에도 몇 마리 개구리가 놓이게 된다. 단지 개구리를 놓았을 뿐인데 사람들의 호기심과 관심이 늘어나 개구리에 이름을 붙이기도 하고 개구리 지도를 만드는 활동도 만들어졌다. 이제는 블랙스버그의 16마리 개구리를 찾는 과정을 통해 지역을 탐방하고, 지역 역사를 자연스럽게 알아가는 아이콘이 되었다고 한다.

개구리 프로젝트의 가장 큰 매력은 요란하지 않고 강요하지 않는다는 점이다. 청동 개구리는 귀엽게 혹은 모던하게 치장한 모습이 아니다. 실물 개구리와 거의 똑같은 모습으로 조용히 주변에 섞여 있다. 개구리 주변에는 〈16마리 개구리 프로젝트〉에 대한 어떤 설명도 붙어 있지 않다. 개구리의 ㄱ자도 적혀 있지 않고, 여기에 개구리가 있다는 색깔이나 화살표 같은 힌트도 전혀 없다. 개구리 위치를 알려주는 지도를 들고 있어도 보물찾기를 하듯 주변을 꼼꼼히 살펴야 개구리를 찾을 수 있다. 블랙스버그에서 일어나는 각종 이벤트도 그러했다. 커다란 현수막이나 화려한 포스터 홍보물은 드물었다. 신문이나 소식지에 적힌 한 줄짜리 광고나 공공 게시판에 붙은 손바닥만 한 종이 알림으로 충분했다. 대학에서 기획하는 음악회나 연극 공연, 지역에서 운영하는 영어 수업이나 모임, 중고 물품 판매 정보를 그렇게 얻었다.

여윳돈이 없는 유학생 시절, 중고품 판매 정보와 무료로 즐길 수 있는 행사 소식은 아주 유용했다. 아파트 커뮤니티에서도 몇 달에 한 번씩 피자나 간단한 간식을 제공하는 이벤트를 마련했다. 공짜 팝콘이나 아이스크림을 먹는 것도 좋았고 가볍게 이웃과 인사하는 자리는 무료한 일상에 재미를 주어 좋았다. 가족 단위 외국인 유학생이 많았기 때문에 학교에서도 학생의 배우자나 자녀를 위한 다양한 이벤트를 만들었다. YMCA에서 운영하는 주 1회 '인터내셔널모임'에서 러시아, 에티오피아, 중국, 독일 등 다양한 국가에서 온 사람들을 만날 수 있었다. 옹알거리는 갓난아기를 데려와도, 칭얼거리는 어린이를 데려와도 환영이었다. 블랙스버그에서 거주하는 현지인도 정기적으로 참석해서 간단한 음식과 대화를 나누었다. 다운타운에 위치한 교회는 주중에 무료 영어 교실로 사용될 수 있도록 공간을 제공했다. 그곳에서 만난 인연들은 낯선 외국생활에 큰 힘이 되었다.

미국행 비행기를 탔을 때 임신 7개월이었다. 건강하게 아이를 낳았고, 2년 후 둘째를 낳았다. 산후조리를 위해 엄마가 오셔서 보름가량 머물다 가셨다. 그밖에 도움 청할 가족 친지가 없으니 꼼짝없는 독박육아였다. 힘들었지만 외롭지 않았다. 남편도 양육자 역할에 충실했고 정기적으로 만나는 아이의 놀이 친구들도 있었다. YMCA와 영어 수업에서 비슷한 연령의 아이를 키우고 있는 엄마들과 알게 되었다. 어느새 우리끼리 서로의 집을 방문하며 만남을 이어갔다. 미국, 프랑스, 칠레, 일본 그리고 한국의 육아 방식과 사고방식에 차이는 있었지만 다정함과 친밀함의 교류에 방해가 되지 않았다. 2007년 버지니아 공대 총기 난사 사건이 일어났을 때, 범인이 한국계라는 사실에 한국 언론이 법석을 떨었다. 한국 유학생들이 해코지 당할지도 모른다며 한국인이 미국인에게 사과한다는 댓글도 올라왔다. 그러나 이곳에서 만난 나의 현지인 친구는 유학생이 낯선 땅에서 힘들었겠다며 잘 품어주지 못해 미안하다며 나를 위로했다.

사소해 보이는 작은 것을 소중하고 민감하게 받아들이는 것을 배웠다. 다양한 배경의 사람을 만나면서 좋은 사람, 고약한 사람, 독특한 사람은 세상 어느 곳에나 있음을 확인했다. 미국인이건 한국인이건 사람은 다 같았다. 많지 않은 한국 사람들끼리, 유학생끼리 자주 만났다. 같은 배경을 가졌어도 모두 자기 고유의 인격과 성격이 있음을 확인했다. 같은 한국 사람이어도, 같은 미국 사람이어도 사람은 다 달랐다. 배경과 조건이 사람을 온전히 설명할 수 없음을 알았다. 또래 아이를 키우던 이웃의 한국인 '언니'가 있었다. 그는 박식하고 다정하고 지혜로운 사람이었다. 성인이 되어 처음 만난 '고졸'이었다. 대졸 학력을 당연하게 여겨서 '몇 학번이세요?', '전공이 뭔가요?'라는 질문의 오류를 깨닫지 못했다. 어리석고 좁은 우물 같은 세상에 갇혀 살았음을 깨달았다. 인구 4만의 작은 타운 블랙스버그에서 살면서 대도시 서울에서 알지 못했던 것을 배웠다.

3. 삶터가 된 일터

나는 고향이 없다. 고향이 있어야 실향을 할 수 있고. 고향이 있어야 귀향을 할 수 있다. 엄마와 외가 친척들은 한국전쟁 발발 전에 평양을 떠나 남으로 왔다가 미국으로 이주했다. 고향 집에 큰 괘종시계가 있었다던 엄마의 이야기에는 실향민에게 허용된 애수가 있다. 오랜 서울 생활로 어눌해진 아빠의 경북 사투리에는 언제든 가능하지만 결코 충족할 수 없는 귀향의 그리움이 있었다. 엄마는 고향을 갈 수 없어 체념했고, 아빠는 고향을 충분히 가지 못해 답답했다. 나는 고향을 가진 그들이 부러웠다.

국어사전은 고향을 네 가지 뜻으로 풀이한다.
1. 자기가 태어나서 자란 곳.
2. 조상 대대로 살아온 곳.
3. 마음속에 깊이 간직한 그립고 정든 곳.
4. 어떤 사물이나 현상이 처음 생기거나 시작된 곳.

내게도 태어나고 자란 곳이 있지만 도심 속 콘크리트 아파트에는 '고향 냄새'가 나지 않는다. 초등학교 저학년까지 살았던 강북의 '그 아파트'에 성인이 되어 가보았다. 그냥 아파트였다. 신나게 뛰어놀았을 아파트와 아파트 사이의 공터가 기억만큼 넓지 않다는 것을 확인했을 뿐이다. 엘리베이터가 없어 불편했어도 제법 나무가 우거진 뒷산이 있던 정겨운 아파트에서 보냈던 이런저런 추억을 떠올릴 수는 있었다. 그러나 실향과 귀향을 가능하게 할 고향은 아니었다.

학창 시절을 보냈던 강남의 '그 빌라 단지'도 마찬가지였다. 1980년대 초반, 아파트보다 값이 오를 것이라고 빌라를 선택했던 예측은 실패했다. 부동산 시장에서 격차가 있어도 빌라나 아파트나 감흥이 없었다. 노후화와 붕괴 위험으로 해체하거나 재건축한다고 해도 아무 상실감이 없다. 그때 팔거나 팔지 않았다면 얼마의 차익을 보았을 거라고 두고두고 헤아리고 있지 않으니 차라리 다행이다. 이곳에 살던 사람들과 적극적으로 교류했더라면 달랐을지 모른다. 층간 소음은 물론이고 공동으로 충당해야 할 비용 처리에 대한 의견 충돌로 목소리가 높아졌던 일을 기억한다. 고급 외제 차를 굴리면서 교양있는 사람이라고 턱을 치켜세우던 이웃 아주머니 얼굴을 기억하고 싶지 않다. 또래 아이들의 옷차림과 성적을 두고 늘상 비교하던 어른들과 똑같은 기준으로 서로를 평가했던 동갑내기 이웃 아이 소식이 궁금하지 않았다. 소설가 이승우가 『생의 이면』에서 말했듯이 고향은 장소가 아니라 사람의 얼굴에 있는가 보다.

조상이 대대로 살았다는 부모의 시골 고향이 도시이주민의 자녀에게 고향일 수 없었다. 때를 기억하여 꼬박꼬박 찾아가 정중하게 예의와 격식을 갖추어 인사를 올리지만, 그곳은 그들의 고향일 뿐이다. 우리는 학업을 위해, 직업을 위해, 뜻과 꿈을 위해 전국, 아니 세계 어디든 삶의 터전이 될 수 있는 시대를 살고 있다. 여행길에 우연히 만난 어느 나무 그늘이 '마음속에 깊이 간직한 그립고 정든 곳'이 될 수 있다. 한때 스페인어 께렌시아(querencia)가 유행을 탔다. 투우장에서 살려고 날뛰던 소가 헐떡이던 숨을 고르는 곳을 가리키는 말이다. 애정, 귀소본능, 귀소본능의 장소라는 뜻이기도 하다. 죽음을 앞둔 싸움장의 소가 숨을 쉬기 위해 선택한 장소는 인위적으로 구획한 특정 공간이 아니다. 앞선 경기에서 쓰러져 죽은 소나 말이 있는 곳이나, 가장 신선한 피가 고여 있는 장소이거나, 투우사가 피하는 담장 근처이거나 혹은 아무것도 없는 곳이거나. 마지막 반격을 위해 본능적으로 찾아가 멈추는 어느 지점, 칼을 겨누는 투우사가 언제든 달려 올 수 있음에도 그렇게 멈추고 머무르는 장소다. 투우사도 소가 깨렌시아를 찾으면 공격하지 않는다. 안전하고 편안하게 마지막 숨을 고를 수 있는 '마음의 고향'이라도 가질 수 있다면, 그런 행운을 놓치지 않고 누릴 수 있도록 누구나 도와야 하지 않겠는가.

갈 곳 없는 실향민이라면 마지막 정주에 마음을 쓰겠건만, 나고 자란 출생지가 있으며 친구와 부모가 사는 동네가 있다. 돌아갈 곳 있다면 미련없이 귀향하여 마음에 위로를 얻어야겠건만, 친구가 사는 동네, 부모가 사는 동네가 곧 내가 살았던 추억이 서린 동네는 아닌 것이다. 남편과 나는 몇 년의 외국 생활을 마치고 귀국하여 삶터를 찾지 않았다. 우리는 일터를 찾았고 선택지는 많지 않았다. 군산의 일터를 선택했으니 군산이 삶터가 되어야 했다. 아는 얼굴 하나 없는 낯선 도시였다. 치열한 경쟁의 현대사회를 사는 우리가 이곳에서 편안하고 안전한 숨을 쉴 수 있을까? 이곳에서 앞으로 몇 년을 살 수 있을까?

삶터가 일터에 귀속되는 세상을 살고 있다. 일터를 찾아 고향을 떠난 부모들은 그리워하고 돌아갈 고향이 있으니 새삼 그들이 부럽다. 낯선 도시, 이곳에서 10년은 살 수 있을까. 이곳이 아니라면 어디에서 살아야 할까. 날개가 있어도 창살 없는 새장으로 돌아와 스스로 날개를 접는 새의 모양새다. 여기서 살 수 있을까. 어떻게 살아야 할까.

이렇게 군산으로 이사 온 첫 해의 화두는 '고향'이었다. 나의 고향은 어디인지, 있기는 한 것인지. 아이들의 고향은 어디인지, 어디이길 바라는지. 일터에 정착하여 삶터로 가꿔가는 흐름을 자연스럽게 받아들이지 못했다. 부모와 함께 살고 싶다거나, 아이들 교육에 힘쓰고 싶다거나, 강력한 동인이 있었다면 그곳으로 이주하여 주말 가족의 삶을 선택했을 것이다. 그러나 그것은 내 삶의 방향이 아니었다. 나는 내 일을 찾아 새로운 경력을 쌓아야 했지만, 무엇으로 해야 할지 결정하지 못했다. 다시 논문을 쓰고 연구자가 될 것인지, 아이를 키우며 눈을 떴던 그림책 연구에 본격적으로 뛰어들 것인지, 외국인으로서 미국에서 받았던 도움을 이곳의 외국인에게 돌려줄 것인지, 귀국하여 시작한 아동 독서 교육에 매진할 것인지, 어릴 때부터 좋아했던 연극이라는 무대를 즉흥극 작업으로 이어갈 것인지. 하고 싶은 것은 많았지만 모두 하고 싶지 않았다. 정말 하고 싶은 것, 해야 하는 것을 만나고 싶었다.

뭘 하는 사람이냐는 질문에 답을 못 찾아 허둥대던 세월이 10년을 넘겼다. 직업란에서 '주부'를 선택하는 것은 진작에 포기했다. 계절마다 옷가지 이불가지를 살뜰히 챙기고, 월마다 공과금과 가계부를 알뜰히 확인하고, 날마다 청소와 식사를 꼼꼼하고 다정하게 해내는 만능인의 자질이 부족한 것을 일찌감치 깨달았기 때문이다. 어설프게 먹고사는 흉내를 내고 있지만, 곧 이사갈 집처럼 늘 어수선한 꼬락서니로 살고 있으니 함부로 '주부'라고 말할 수 없었다. 그렇게 '주부가 아니다'라고 선언했고. 그럴듯한 명함을 가진 직업인이 되겠다는 야심을 키워갔다. 명함이 있어야 제법 두둑한 급여를 받을 수 있을 거라 보았다. 하고 싶은 것은 많았지만, 어느 것도 두둑한 급여를 받을 만한 직군은 되지 못했다. 그때나 지금이나 어쩌다가 한 번씩 강사료 정도밖에 벌지 못해서 집 안일을 더 외면했을지도 모르겠다. 밥 냄새, 세제 냄새나는 '주부' 직업란에 갇히고 싶지 않아 발버둥 쳤다. '감히' 주부 일 수 없다며 주절주절 겸양의 태도를 취했지만, 실상은 주 부 '따위'에 머무르고 싶지 않다는 야심의 선언이었다.

돌이켜보니, 나는 생계와 생활을 분리하지 못했다. 급여를 받아 생계를 꾸리는 것만큼 중요한 것은 방향을 잡고 뿌리를 내리고 일상의 생활을 하는 것이다. 먹을 것, 입을 것을 손 수 챙기는 그것이 삶의 기본이다. 생활이 곧 생계가 되지 못 하는 사회에서 우리는 생계만을 목표로 했고, 생활을 선택한 사람을 어리석다, 어리숙하다, 또는 게으르다고 폄하했다. 하고 싶은 일을 찾는 내 모습이 자기 정체성을 찾아 방황하 는 사춘기 같아서 한심했다. 누가 시킨 것도 아닌데, 매일 무엇인가를 하느라 바빴다. 그러나 돈을 벌지 못하니 그것을 '일'이라고 생각하지 못했고 자책과 자격지심이 커졌다. 고 향이 없는 나는 삶의 방향도 없었다.

군산에 이삿짐을 풀고 몇 달 동안 한숨처럼 중얼거렸다. "여기서 10년을 살 수 있을까?" 여러 번 이사하며 살았지만 한 번도 하지 않았던 질문이었다. 이제는 어딘가 뿌리를 내리고 고향 비슷한 무엇을 가지고 싶었을까. 다른 곳에서는 못해도 군산에서는 10년 넘게 살게 될 것을 예상했을까. 한 곳에서 10년을 살면 삶의 방향을 찾으리라 기대했을까. 곧 군산살이 13년이 된다. 이렇게 오래 머물러 살아본 일이 없었다. 군산의 무엇이 나를 머물게 했을까.

4. 잃어버린 천국이라면

군산은 낯설었다. 어디든 낯선 곳에 마음 붙이려면 시간이 걸린다. 그래서 혈연, 학연 등 지푸라기끈이라도 찾는지 모른다. 하지만 내겐 군산에는 아무도, 아무것도 없었다. 지푸라기조차 없었다. 나는 군산이라는 도시가 어디에 있는지도 몰랐다. 전라북도 어디라고 하던데, 전라도에 와본 일은 있었던가. 대학 시절에 전주에 왔었다. 회의에 참석하느라 먹지 못했던 저녁 메뉴가 그 유명하다는 전주의 비빔밥이어서

화가 났고, 다음 날 아침 식탁이 화려해서 놀랐던 덕분에 기억하고 있었다. 고작 대학가 평범한 식당의 기본 백반인데 이렇게 많은 반찬이 나오다니. 신혼 시절 내장산에 가려고 정읍에서 보냈던 어느 날의 기억도 허름한 가게에서 받은 알록달록한 백반 상차림이 단풍보다 강렬하게 남아 있었다.

음식 외에는 아무런 관심이 없었다. 전라도에 어떤 도시가 있는지, 어떤 풍광이 좋은지, 주요 산업은 무엇이고 유명한 인물이 누가 있는지 알아야 할 이유도 없었다. 여전히 서울 촌것인 내게 군산은 완벽히 낯선 미지의 세계였다. 새로운 환경을 대하는 시선은 어미 새처럼 예민했다. 보호자 없이 아이들만 놀이터에 보내도 안전한 곳인지, 대한민국 여느 도시처럼 빽빽하게 솟아있는 아파트 내의 생활 규칙은 합리적인지, 가게와 거리에서 스치는 사람들은 온화한지를 살폈다. 초등학교 저학년 아이 둘을 돌보는 일상은 발톱을 곤두세운 어미 고양이처럼 날카로운 경계의 방어막을 세우게 했다. 음식 맛이 좋았어도 나는 너그러울 수 없었기에 짜고 맵다고 인상을 찌푸렸다.

잔뜩 찌푸린 이마의 주름을 펴준 것은 당시 오픈한 지 2년 된 이탈리안 레스토랑 파라디소 페르두토(paradiso perduto(실낙원): 군산시 나운동 소재)였다. 남편은 그날을 이렇게 기억한다. 군산이라는 낯선 도시에 불만이 가득한 마누라님을 달래려고 맛있다고 소문난 곳을 검색해 모시고 갔단다. 이삿짐을 푼 지 한 달이 넘도록 짜증이 늘고 서울만 찾던 사람이 이곳에서 식사를 하고 나서야 처음으로 고개를 끄덕였단다. 그리고 이런 말을 남겼다고 한다. "이런 곳이 있다면, 군산도 살 만하겠다."

살짝 어둑한 조명의 실내가 아주 넓은 것도 아닌데 각 테이블은 사적인 영역을 넉넉하고 온전하게 지켜주는 여유로운 분위기가 흐르고 있었다. 다른 식당에 비해 종이 메뉴는 허름했다. 모서리가 닳고 접힌 부분이 갈라지고 있었다. 임명장처럼 두툼한 메뉴판을 사용하거나 간편하게 코팅해서 쓰지 않는 이유가 뭘까. 파라디소의 메뉴판은 작은 글씨로 최소한의 정보만을 담았다. 이곳이 지키고자 하는 것은 공간 자체와 이곳에서 보낼 나의 시간이지 메뉴판이 아니었다. 음식은 공간과 시간을 엮어줄 매개체로서 선택될 뿐이다. 음식이 놓이는 그릇과 탁자 그리고 음식 담음새까지 나를 편안하게 지켜주는 기조가 흐르고 있었다. 아름다운 풍광, 탁월한 음식, 사람들 사이에 흐르는 부드러운 환대를 느낄 수 있는 문화적 공간이 있는 도시라면, 나 역시 이곳에서 살 수 있겠다고 확신했다. 그 후 우리는 가족 식사, 지인 초대 등 자주 파라디소를 찾았고 혼자 커피를 마시며 책을 읽거나 글을 쓰는 장소로도 종종 애용했다. 파라디소는 나의 첫 번째 연고였다.

파라디소를 처음 찾았던 때가 봄이었으니 은파 호수는 벚꽃도 한창이었겠다. 파라디소는 벚꽃이 없어도 잃어버린 낙원처럼 무심한 듯 섬세하게 아름답다. 고요한 호수가 눈앞에 가득하고 주변을 감싸는 나무들로 호젓하다. 정성을 들인 공간은 발을 들인 순간부터 편안해진다. 파라디소에는 내가 어떤 생각을 하고 어떤 취향을 가진 사람이든 수용하고 품어주는 세련된 감각의 풍취가 있다. 서울로 달려가 흠뻑 들이마시고 싶었던 감각의 냄새다. 돈만 있으면 만들 수 있는 사치스러운 허영과 비슷하게 보일 수도 있다. '고급스러워 보이는 것'과 진짜 '고급한 것'을 구별하기 어려워서 비싸면 고급진 것으로, 고급진 것은 비싼 것으로 판단해 버리기 쉽다.

감각을 익히고 감각을 다듬는 데에 상당한 돈이 쓰이기는 한다. 좋은 재료를 알아보고 터득하기, 그것을 사용하고 공들이는 정성, 사소한 것도 놓치지 않는 섬세함, 사람과 사물이 특정한 곳에 존재해야는 이유를 살피는 성찰, 관계의 질감과 거리를 체득하여 유기적으로 조화를 이루기까지 오랜 시간이 걸리기 때문이다. 그것 역시 비용이 들기 때문에 대체로 '고급한 것'에 비싼 가격이 붙기 마련이다. 그러나 비싼 돈을 들여도 저절로 '고급한 것'이 되지 않는다. 외양을 그대로 복사해도 똑같은 분위기를 자아낼 수 없는 것과 같은 이유다. 파라디소가 모든 것을 갖추어 완벽한 경지에 이른 우월한 가게라는 뜻이 아니다. 손해를 보더라도 초심을 놓지 않는 고집은 세련된 감각을 일궈낸다. 이곳에는 자신이 가고자 하는 방향을 붙들고 그것을 향해 밀고 나가는 고집스러움이 있다는 뜻이다.

자본과 사람이 모이는 대도시는 세련된 감각을 연마하기에 유리하다. 파라디소는 대도시에서 머물던 감각의 인재들을 지역으로 끌어들이는 창구가 되었다. 봄가을마다 은파호수를 배경으로 야외무대를 설치하고 서울의 공연장 못지않은 음향

설비를 구축했다. 주로 서울에서 활동하는 우수한 재즈 뮤지션들이 파라디소의 무대에 올랐다. 지역에 있는 파라디소와 같은 탁월한 문화적 공간이 서울공화국에 균열을 낼 수 있다. 오히려 지역이기 때문에 누릴 수 있는 특별한 순간도 제공한다. 콩나물시루 같은 지하철에서 얼굴을 맞대고 있어도 서로 스치고 지나가는 도시의 익명성과 달리 차분히 서로의 얼굴을 바라볼 수 있는 거리감을 확보한다. 옆자리 관객은 티켓을 구매하기 위해 피켓팅하며 경쟁했던 사람이 아니라, 같은 동네의 이웃이며 같은 문화적 공기를 흡입하는 동료로 존재한다. 문화적인 공간은 사람을 끌어들인다. 공간의 운영자이든 이용자이든 한 공간에 머문 사람들 사이에 보이지 않는 끈을 만들어낸다. 공간 안의 모든 사람이 절친한 사이가 된다는 뜻이 아니다. 대화 한 번 나누지 않았어도 친근한 눈빛을 주고받는 환대의 관계가 생겨난다. 옆자리에 앉은 낯선 사람에게 관대해지는 분위기가 만들어진다. 마치 그에게서 풍기는 공간 특유의 문화적 향기가 내게도 묻어나는 것 같다.

파라디소의 송성진 대표는 '번화하지 않은 조용한 동네에서 매일 공연이 열리는 재즈클럽을 열고 싶다'는 소박한 꿈을 가지고 있었다. 서울에서도 운영난을 겪는 재즈클럽을 지역에서 할 수 있겠냐는 걱정 어린 만류는 그것을 허황된 꿈으로 생각했겠지만, 그는 코로나 시국의 난항을 겪으며 마침내 재즈클럽 머디(Muddy: 군산시 영화동 소재)를 오픈해 냈다. 군산의 원도심, 영화동 적산가옥을 재구성한 공간에 재즈클럽, 칵테일바, 피자가게, 초밥집, 젤라토 가게, 호텔과 함께. 그의 낭만적인 혹은 철없는 꿈을 향한 고집에 설득당한 동료들이 힘을 합친 것이다.

그 전부를 향유하는 것은 부담스럽더라도 내 지갑 사정이 허락하는 만큼 즐길 수 있다. 재즈클럽 주변을 산책하는 것도 가능하다. 머디와 건물 외장을 감싼 손가락만큼 가늘어 보이는 폭의 타일을 들여다본다. 이렇게 가는 타일을 정확하게 붙이려면 얼마나 섬세하고 꼼꼼해야 할까. 그 시간은 얼마나 들 것이며, 공임은 얼마나 들 것인가, 먼지가 끼면 청소는 얼마나 어려울까, 그런 어려움과 불편함에도 불구하고 모든 벽면을 가느다란 타일로 빼곡하게 메운 공간을 거닐면서 나는 어떤 감각에 놓이는가. 예민한 시선으로 공간과 사람과 삶을 들여다보는 감각을 체득한다. '대박!', '헐~', '그냥 그랬어'와 같은 단순한 감탄사로는 표현할 수 없고 상상할 수 없는 세상을 노벨문학상 수상자 한강 작가의 섬세한 문장이 그려내는 것과 마찬가지다. 공간이 고집하는 세계를 즐기면서 나를 더욱 나답게 존재할 수 있도록 허용하는 편안함을 누린다.

최근 대한민국 공간문화대상 대통령상을 수상한 영화동의 프로젝트 리터닝은 송성진 대표의 평소 지론답게 최고의 재료를 엄선했다. 벽의 타일, 화장실의 수도꼭지, 식탁에 놓인 소품 하나까지 까다롭게 선별되어 조화롭게 자리 잡았다. 배도 부르고 입도 즐거워 하며 오랫동안 이 공간을 즐기려면 상당한 비용이 들 수도 있지만, 차 한 잔 마시는 걸음으로도 즐길 수 있다. 내가 즐기는 한잔의 커피로 그를 응원할 수 있다. 파라디소가 추구하는 가치인 음악과 사람은 문화와 예술의 힘으로 잔잔하고 단단하게 군산의 혈관에 퍼지고 있다. 아무런 연고 없이 군산을 찾아온 이방인도 나처럼 평온하게 환대받을 공간, 내가 지켜가고 싶은 첫 번째 연고가 기다리고 있다. 이곳이 삶터가 될 수 있다.

5. 도시 전설이 살아있다면

이삿짐을 풀어놓은 아파트는 나운동과 수송동 경계에 있었다. 얼마 전까지 너른 택지였다는 수송동은 새로운 신도심으로 각광받고 있었다. 나운동은 신도심이라는 별칭을 수송동에 넘겨주었어도 여전히 상권을 유지하고 있었다. 군산의 경제중심지인 나운2동에 군산의 유일한 대형 서점이 우뚝 서 있으니 바로 한길문고다.

군산에서 집을 구할 때 내가 건 조건은 두 가지였다. 하나는 화장실이 두 개일 것, 다른 하나는 도서관 근처일 것. 책을 읽지 않아도 책을 구경할 수 있는 장소가 가까이에 있어야 했다. 강남에서 살던 학창 시절, 삼성역에 있던 서울문고가 나의 첫 번째 책방이었다. 집 가까이에 작은 책방이 있었지만, 나의 걸음은 새로 문을 연 대형서점으로 향했다. 그곳은 당시 교보문고와 을지서적과 함께 등장한 새로운 문화적 공간이었다. 사방에 가득한 책을 구경하는 것만으로도 머릿속에 뭔가가 쏙쏙 들어오는 포만감이 있었다. 지금과 달리 도서관에서도 마음껏 책을 볼 수 없었다. 대부분 폐가식 도서관이었기 때문에 도서목록 카드에서 원하는 책의 정보를 찾아서 사서에게 요청해야 했다. 사서만이 들어갈 수 있는 서고의 복잡하고 꼬불꼬불한 미로를 상상하면서 문 너머에서 사서가 책을 들고 돌아오기를 기다려야 했다. 넓고 큰 공간에 수많은 책을 마음대로 만날 수 있다는 사치를 누리면서 때로 바닥에 주저앉아 조심조심 새 책을 넘겨보며 읽었지만, 함께 공간의 기억을 나눈 사람과의 접점이 없어서인지 서울문고에 대한 기억은 거의 희미해졌다. 내 기억처럼 서울문고도 그 자리에서 오래 버티질 못했다. 반디앤루니스라는 책방이 되었다가 영풍문고가 되었지만, 삼성역 지하광장의 중심지에서 안쪽 구석자리로 밀려난다. 가까이에 생긴 별마당도서관으로, 도서관인지 관광지인지 분간이 어려울 정도로 많은 사람이 찾아가고 있으니 책이라는 상징성까지 잃은 것 같아 씁쓸하다.

미국에 있을 때 자주 찾아갔던 반스앤노블스는 대형서점 체인점다웠다. 체계적인 시스템으로 운영되고 있어 어느 지점으로 가도 동네에서 가던 곳과 똑같아서 아무런 위화감이 없었다. 어린이 독자, 혹은 어린이 고객을 위한 편의시설, 놀이시설을 갖췄지만 재미있지 않았다. 책방에 대한 기대는 서산에 있을 때 와르르 무너지고 말았다. 지역 소도시였기 때문일까. 잡지와 유명 베스트셀러 일부를 제외하면, 학생 대상의 각종 교과목 문제집 혹은 성인 대상의 각종 자격증 문제집이 전부였다. 아무리 학교 앞 서점이라고 해도 너무하다 싶었다. 이곳을 서점이라 할 수 있을까? 군산의 서점도 마찬가지겠지 싶어서 찾아가지 않았다. 그렇게 편리하고 신속하고 게다가 각종 할인과 서비스를 제공하는 온라인 서점만 이용하고 있었다. 그러던 차에 한길문고에 대한 소문을 들었다. 보통 서점이 아니라는 소문을.

한길문고는 진짜 서점이었다. 서울의 대형서점만큼 크지는 않지만, 여러 개의 매대가 펼쳐있고 소규모의 문구와 카페도 운영하고 있었다. 다양한 분야의 책이 고르게 비치되어 있었다. 물론 문제집도 포함해서. 세상에는 읽어볼 만한 좋은 책이 정말 많이 있고, 귀하게 아끼는 책을 당신에게 소개하고 싶어 어쩔 줄 모르겠다면서도 직접 말 건네기는 부끄러워서 잠깐씩 속삭이는 책방의 목소리가 곳곳에 보였다. 찾아오는 사람에게 책으로 이야기를 건네는 책방이었다. 한길문고에

대한 소문은 사실이었고 오래도록 전설이 되어 남을 것을 알
았다.

2012년 여름, 군산에 극심한 폭우가 쏟아졌다고 한다. 당시
건물 지하 매장에 자리 잡고 있던 서점에 일어난 최악의 재
난이었다. 서점 전부가 물에 잠겨 버렸다. 심지어 천장까지
무너졌다. 일반 가게들은 수해를 본 공간을 복원하고 상품을
복원하기도 하지만, 서점은 책이 전부인 곳이다. 아무리 닦
고 말려도 되살릴 수 없는 종이가, 10만여 권의 책이 전부
물에 잠겼다. 한길문고의 이민우 사장은 망연자실했다. 좌절
한 그와 질퍽하게 젖어 찢어질 듯 위태로운 한길문고를 일으
켜 세운 것은 군산의 시민이었다. 계좌번호를 물어가며 금전
적 지원을 아끼지 않은 것은 물론이거니와, 하루 100여 명
의 자원봉사자가 직접 찾아와 지하 책방에서 폐지가 된 책더
미를 꺼내 올리고, 쓰러진 책장을 세웠다. 한길문고를 돕자
고, 치우자고, 지키자고 소식을 전하고 찾아온 것은 수년간
한길문고를 오가며 마음을 나눴던 시민이었다. 그들의 아낌
없는 격려와 응원으로 한길문고는 다시 문을 열었다. 같은
건물 2층에서 한 달 만에 새롭게 시작할 수 있었다. 그러나

이민우 사장은 다음 해 질환으로 사망하고 말았다.

이민우 대표는 1986년 군산 원도심에서 녹두서점을 운영해 왔다. 광주의 '녹두서점'처럼, 서울 신림동 녹두거리의 '그날 이오면'처럼, 그 지역의 사회과학서점은 시대의 중심이고, 도시의 심장이었다. 사람과 사람을 연결하는 매개였으며, 사람이 함께 가야 할 방향을 고민하는 현장이었다. 그는 시민 사회운동에 적극적으로 참여하며 책방에서 수시로 시민 강좌를 개최해왔다. 2003년 서점 이름을 한길문고로 바꾸고 원도심 쇠락 후에 신도심으로 각광받던 나운동에 자리를 잡았다. 사후 11년 만인 2024년 지역사회와 출판문화에 기여한 공로를 인정받아 38회 책의 날에 국무총리상 표창을 받았다. 지금은 아내 문지영 대표가 고인의 뜻과 함께 서점을 지켜가고 있다.

한길문고는 오랫동안 군산을 지켜온 서점으로서 여전히 많은 시민의 아지트로 사랑받고 있다. 삼삼오오 모이는 만남의 장소이기도 하며, 여러 책모임, 동호회 모임을 위해 언제든지 무료로 공간을 내어 준다. 제법 규모있는 합창단의 공연장으로도 활용된다. 작가 초청 강연을 지속할 뿐 아니라 어린이 독서 활동도 적극 지원하고 있다. 한길문고 사거리에서 새만금신공항 건설 반대 피켓 선전 활동을 하는 우리에게 계절에 맞는 음료를 전달하며 응원한다. 며칠 전에도 문지영 대표는 따뜻한 음료를 한가득 사오며 식기 전에 마시라고 건네주었다. 자신은 매장에서 바로 뛰쳐나왔는지 외투도 입지 않은 얇은 몸을 한 채, 더 해드릴 것이 없어 죄송하다며 자꾸 고개를 숙인다.

그는 "고맙습니다"라는 말을 달고 산다. 뭘 더 해 줄 수 있을까를 고민한다. "그거 어렵지 않은 걸요" 하며 선뜻 선뜻 내어준다. 어린이 독서단이 책 읽겠다고 모이면 팝콘과 음료를 챙겨다 주고, 성인 독서회가 자리를 빌려 쓰고 있으면 귤과 따뜻한 차를 챙겨다 준다. 이러지 마시라고 해도 자꾸 챙겨주는 그는 소박한 시민 한 사람, 한 사람을 지극히 귀하게 대한다. 시민의 글이 책으로 엮여 나오기를 돕고, 시민의 만남이 역사가 되기를 돕는다. 최근 같은 건물 1층에 한길책방을 새로 만들었다. 아늑하고 포근한 분위기로 특색있는 큐레이션을 가꾸는 작은 동네 책방 정체성을 새롭게 가꾸어 가고 있다. 최근 군산의 백년가게로 선정된 2층의 한길문고에는 군산의 1987년 6월 항쟁의 기록을 전시하는 공간을 마련했다. 몇 년 전 '군산 민주화 운동' 사진전[1]이 군산대학교 박물관에서 열렸었다. 코로나19로 사람들의 걸음이 많지 않았을 당시의 전시가 그대로 끝난 것을 아쉬워하는 시민 활동가의 탄식에 문지영 대표는 말했다. "그거 어렵지 않아요" 그는 서점에서 회의실로 사용하고 있던 공간을 개조하여 작은 전시 공간을 마련했다. 그러나 어딘가 보관되어 있을 줄 알았던 그때의 사진 액자들의 행방이 묘연했다. 여러 곳에 수소문해도 찾을 수가 없었다. 여기서 그만두어도 뭐라 할 사람 하나 없건만, 문 대표는 다시 "그거 어렵지 않아요" 하며 사진을 새로 인화하고 액자를 맞춰 한길문고에 상설 전시장을 열었다. "사진에 설명도 넣고 안내도 해야 좋은데, 시간이 없어서 그것까지는 못 하고 있어요. 나중에 시에서건 어디서건 6월 항쟁을 기록하는 공간이 생긴다면 그대로 다 드릴 거예요."

한길문고는 전문가의 능숙한 디자인으로 내부를 꾸미지 않았

---

1) 〈입춘: 6월에 봄이 오다〉 전시 2020.12~1. 군산대학교 박물관

다. 아이부터 할머니까지, 책방을 찾는 내가 직접 꾸민 것 같은 맞춤의 눈높이로 자리 잡았다. 한길문고는 시민을 위한 책방이고 시민이 살린 책방이며, 시민을 잊지 않는 책방이다. 책방을 살리는 시민이 있다. 내가 머리 품 들이고, 마음 품 들여서 힘겹게 읽어내야 할, 득 될 것 하나 없어 보이는 고리타분하고 지루한 매체, '종이책'으로 빼곡한 책방이 있다. 온라인 서점에서 클릭 몇 번이면 간편하고 신속하게 받아볼 수 있을 것을, 굳이 매장에 없는 책까지 주문을 요청하여 올 때까지 며칠을 기다려서 발품을 들여 직접 찾으러 간다. 책은 배움으로 나를 변화시키는 동력의 매개체다. 안정된 지금의 상태가 최선인지 의문을 품고, 거듭 달라지려고 용기 내는 시민이 선택하는 동인(動因)이다. 책방을 살리는 시민이 있는 도시라면, 역시 살만하겠다. 나의 구체적인 일상을 지켜줄 연고를 찾았다.

재즈공연. GCC(군산회관)

2장 우왕좌왕 여기는 어디?

1. 제땅말 사용자

어디서 왔어요?

서울에서 왔어요?

낯선 곳이 낯선 나는 낯선 땅에 온 낯선 사람, 이방인이다. 외지인은 낯선 곳을 알아가고, 낯선 곳에서 사는 방법을 터득하며 토박이가 되어간다. 또한 자기 살던 익숙한 곳을 소개하고, 자기가 익숙하게 사는 방법을 소개하며 낯섦의 경계를 낮춘다. 미국에서도 그러했고, 스페인에서도 그러했다.

미국에서 한복은 인기가 좋았다. 화려한 한복은 입기만 하면 탄성을 받았고, 한글의 체계적인 원리와 김치의 다채로운 특성을 조금만 설명해도 한복에 뒤지지 않는 호응을 받을 수 있었다. 대학원 시절, 단기 어학연수를 위해 잠시 머물렀던 스페인에서도 그러했다. 같은 과정을 이수하던 다양한 국적의 동기들은 짧은 여름을 유쾌하게 즐기고 싶었고, 각 국가를 떠올리면 연상되는 부정적인 이미지를 대화의 소재로 삼았다. 예를 들어 이집트는 집집마다 악어가 득시글대는 곳이고, 브라질은 집마당 조차 빽빽한 아마존 밀림투성이고, 대한민국은 심심하면 개를 먹는 곳이었다. 한 번도 개를 먹어보지 못했어도 나는 농담에 함께 웃었고, 최선을 다해 식용 개고기의 배경을 설명했다. 동기들은 앞다투어 자기들 나라의 이상한 식습관 사례를 꺼내놓으며 서로가 크게 다르지 않음을 웃음으로 확인했다.

2002 한일월드컵 이전이었고, 대한민국은 여전히 유일한 분단국가, 88올림픽 정도로 인식되던 무렵이었다. 동기들은 서로에 대해 알고 싶어 갖가지 질문을 쏟아냈다. 어학연수생답게 조금이라도 말을 많이 하려던 것인지, 이베리아반도의 뜨거운 열기에 저절로 힙싸였던 것인지, 우리는 수다스러웠다.

나도 한껏 들떠서 말이 되건 안되건 떠들고 있었다. 입이 딱 멈춰버린 것은 대한민국의 인구 수, 그리고 국토 크기를 묻는 질문 앞에서였다. 자동반사로 '서울 인구 천만'이 떠올랐지만, 정보가 문장으로 바뀌어 나오지 않았다. 인구와 국토, 고등학교 지리 수업에서 학습하고 암기한 내용을 시험 문제지가 아니라 실제 대화에서 사용하게 될 것이라 상상하지 못했던 것이다.

내가 사는 나라에 대해 답하지 못했다는 충격은 한참 동안 가시지 않았지만, 귀국해 물어본 주변의 반응은 나와 비슷했다. 인구가 몇인지, 그것을 아는 것이 그렇게 중요한 일일까. 불편했던 마음이 진정을 되찾고 대수롭지 않았던 에피소드로 간주하여 잊어 버렸다. 같은 질문이 돌아온 것은 군산살이를 시작하면서였다. 군산에서 '인구 수'는 매우 중요한 관심사였다. 수치를 제대로 외우지 못한 탓에 갸웃거리다 '26만 정도?'라고 적당히 넘어가려고 하면, 주변에 있는 사람 중 누군가는 즉시 27만 혹은 28만으로 곧바로 수정해주었다. 심지어 천 명, 백 명 단위까지 짚어주는 능력자도 있었다. 의아했다. 여기 사람들은 어떻게 자기 동네 인구를 잘 파악하고 있을까. 답은 어렵지 않았다. 국회의원이 감당하는 인구는 30만 명이고, 군산 인구를 조금만 늘리면 국회의원 둘을 배출할 수 있다는 뜻이었다.

낯선 군산에서 살아가는 낯선 군산 사람들은 자기 땅에 대해 관심이 많았다. 고향에서 살아가는 사람의 특성일까? 부러웠다. 나는 내가 살던 곳의 인구 숫자를 한 번도 알지 못했다. 어렸기 때문일까, 해외 거주 때문일까. 무관심한 성격 탓이 가장 크겠지만 연령과 환경에 무관하게 나는 나 사는 곳에 관심 가질 이유도 없었다. 집을 옮기고 학교를 옮겨도 달라지는 것은 길의 명칭뿐이었다. 나의 세상은 언제나 아파트였고, 아파트는 재건축과 리모델링이라는 이름으로 실제 건물의 상태나 연식과 무관하게 스스로 허물리고 새로 태어나는 것을 선호했다. 십 년이 지나고 이십 년이 지나서 예전 살던 곳을 찾아왔을 때, 대로변의 커다란 주유소라고 할 지라도 여전히 남아 있는 가게를 보면 반가웠다. 그렇다고 '살던 곳'이 없어져서 가슴 아프거나 안타깝지도 않았다. 낮은 아파트가 높은 아파트가 되고, 3층 건물이 15층 건물이 되는 것을 '변화'라고 할 수 없었다. 내가 살던 곳은 그때나 지금이나 콘크리트와 철근의 세계였고, 상가와 주택이 혼재한 도시의 일상이었다. 자주 이용하는 대중교통 노선이 달라지고, 쓰레기봉투의 색깔이 달라질 뿐이다.

나는 '살던 곳'에 대한 관심과 지식이 없었다. 애초에 '살던 곳'이 없었다. 동대문구의 5층 아파트에서 강남구의 2층 연립주택으로, 강북구의 원룸으로, 관악구의 오피스텔로 옮겨 갔어도 '살던 곳'이라고 하기 어려웠다. 땅에서 멀리 떨어져 허공에 '놓였던 곳'이 있을 뿐이었다. 왼쪽 서랍의 내용물을 오른쪽 서랍으로 옮겨 넣는 것과 다르지 않았다. 그것을 대도시의 편리하고 좋은 삶이라고들 말했다. 아파트는 전기와 수도, 쓰레기와 화장실 문제로 골치 아플 일이 없는 깔끔하게 정리된 곳이었다. 게다가 아파트는 인기가 좋아서 값이 올랐다. 내가 놓인 곳의 가격이 중요했다. 집값이 오르면 비싸게 팔 수 있어서 좋은 것이라고 했고, 비싼 집에 살기 위해 은행에 큰 빚을 지는 것이 좋은 삶의 '표준'이었다. 표준은 누구나 아는 것이니 더 알 필요도 없으며, 관심 가질 이유도 없다. 표준은 당연하고 익숙한 것이어서 고민도 없고 의문도 없다.

내게 낯선 군산에서는 내가 낯선 사람이니 내가 살던 곳을 소개하고, 내가 사는 방법을 소개하며 낯섦의 경계를 낮추는 역할을 외지인인 내가 해야 했으나, 나는 내가 살던 곳을 소개할 수 없었다. 살던 곳이 없었으니 아는 것이 없었고, 내가 아는 모든 것은 표준으로 지정되어 있어 이미 모두가 아는 것이었다. '서울'이라는 표준은 많고 적음을 합하여 나눈 중간값도 아니고, 각각의 정도를 파악하기 위해 상정한 객관적인 기준점도 아니었다. 어느 시점의 서울의 모습이 어쩌다 표준으로 세워졌고, 그것은 모두의 도시가 도달해야 할 목표이자 미래가 되었다. 심지어 서울 자신조차 더욱 서울답기 위해 고군분투해야 하는 가상의 표준이었다.

귀에 설은 단어나 억양이 조금 있었지만 군산의 말은 대체로 내가 사용하던 것과 다르지 않아서 모두가 표준어를 쓰고 있다고 생각했다. 내 말투가 도드라져 들리는 줄 몰랐다. 이방인인 것을 전혀 들키지 않은 줄 알았지만, 사람들은 내가 군산 사람이 아닌 것을 귀신같이 바로 알아채 신기할 지경이었다. 내가 군산의 말에서 처음 느낀 낯섦은 독특한 어미 사용이었다. '무엇을 하게요' 또는 '무엇무엇을 어떻게 하시게요'

라는 어미 앞에서 몸이 먼저 반응했다. 동작 스위치를 꺼버린 듯이 고개가 갸웃하고 옆으로 꺾은 채 그대로 멈추었고, 뇌세포를 빠르게 작동시켜 독특한 어미의 정체를 단순 오타나 개인의 말버릇으로 분류해야 고개가 바로 돌아오고 낯선 문장에 응대할 수 있었다. 나의 말은 서울의 말이고, 서울의 말은 표준이니 내 감각이 옳은 것이어야 했다. '행사 후에 모두 식사하게요'라는 문장을 '행사 후에 모두 식사하도록 해요', '행사 후에 모두 식사하시면 좋겠어요', '행사 후에 모두 식사할까요' 따위로 바꿔놓느라 무던히 애를 썼다. 개인의 말버릇이라고 생각했던 정체 모를 어미가 활자로 찍힌 글에도 나타나는 것을 여러 번 목격하고 나서야, 이상한 고집을 내려놓아야 할 사람은 나 자신임을 인정했다.

'―하게요'는 표준말이 아니라 군산의 '제땅말'(문학평론가 고영직 선생의 표현을 빌려왔다)이라는 내 지적에 놀라는 이 땅 사람들이 여럿 있었다. 땅이 없는 나는 그것을 '내땅말'이라고 확신하지는 못하고, 사전에 '표준어'라고 적힌 것을 보이며 내가 옳다고 우겨댔다. 서울과 엇비슷한 상태에 이르려고 부단히 애를 쓰는, 아직 그 상태에 이르지 못한 서울 아닌 도시의 삶은 '표준'에 미치지 못한 '뒤처진 상태'로 판정 당했다. 말은 제주로, 사람은 서울로 보내야 한다는 말이 있듯이, 앞서가기는 어려워도 적어도 표준에 이르러야 보통이 된다는 의식이 오래전부터 다져졌다. 내 개인적 경험조차 서울을 배경으로 했다는 이유로 표준이 되니 당혹스러웠다. 놓인 자리의 덕을 보니 운이 좋아 안심이 되면서도, 일하지 않고 얻은 소득이 부끄러워 손에 든 것을 쥐지도 못하고 놓지도 못하며 엉거주춤했다. 그마저도 계산된 부끄러움인지라 옆에서 밀어주어야 못이기는 척 주머니에 넣고 남들 눈을 피해서야 마음 놓고 쾌재를 불렀다. 무지개독서회에서 신경숙 작가의 『아버지에게 갔었어』를 같이 읽을 때도 그러했다. 주인공은 한국전쟁을 시작으로 한 한국의 근현대사 70년을 겪어온 아버지의 삶을 드디어 개별적인 인간의 것으로 바라보며 그를 이해하게 된다. 또한 큰오빠를 통해 80-90년대의 '아버지들이 겪은 고충'을 이해한다. 나는 이 책을 읽으며 우리 할아버지의 삶이 먼저 떠올랐다. 그러나 도시가 아닌 시골에서 자란 내 책동료는 자기 아버지의 삶을 떠올렸다고 말했다. 우리는 같은 해에 태어났지만 사는 곳이 달라 경험이 달랐다. 마치 타임머신을 탄 것 처럼 우리는 동시대에 다른 시대를 살았던 것이다. 그리고 나의 삶은 '표준'이 되어 허황한 우월감을 누리게 했다.

나는 아는 것이 없고, 가진 것이 없었다. 나는 제땅, 제땅말, 제땅맛이 없었다. 군산에서 십년 이상 살아오니 군산의 것을 내 것으로 가져오기 시작했다. 김치에 커다란 생선을 통째로 넣는 다큐멘터리 방송을 눈살찌푸리며 보았었는데, 지금은 쿰쿰한 황석어젓을 떠올리기만 해도 입에 침이 고인다. 능청스럽게 '내일 보게요~' 아니, '내일 보게유~'라고 말할 줄도 알게 되면서, 이제는 오히려 표준어를 쓰기 위해 사전 찾는 일이 잦아졌다. 군산 공기의 냄새와 질감, 군산 풍경의 시야를 가지게 되었으나 아직 군산 사람이 되었다고 단정 지을 수는 없다. 서울사람도 군산 사람도 아니지만, 서울사람이고 동시에 군산 사람이라는 중첩의 위치에 있다. 내가 가진 것 없음을 발견할 수 있었던 것은 서울이라는 '표준'과 군산이라는 '비표준'이 동시에 존재했기에 가능했다. 군산은 대부분의 다른 도시와 마찬가지로 서울을 욕망한다. 서울이 되기 위해 힘껏 노력한다. 서울이 되지 못하면 서울로 가려고 하고, 서울을 흉내 내려고 한다. 군산이 개항하고 일제의 계산적 계획으로 조성된 바둑판 거리에 돈과 사람이 몰리던 백년 전에는 서울과 군산의 문화 격차가 크지 않았다. 해방과 전쟁, 미군정과 산업 시대를 거쳐 변덕스러운 대기업과 새만금에 의존하는 도시가 된 지금의 문화 격차는 급격하게 벌어진 상태다. 이것을 낙후와 쇠락으로 보는 것이 '비표준'의 태도다.

몇 년 전 순천시를 방문했을 때 택시 기사에게 인구를 물어봤다. 한창 문화도시 사업에 열을 올리고 있을 때였다. 순천만 국가정원과 순천습지를 기반으로 문화도시 사업에 좋은 평가를 받고 있던 순천이 군산과 엇비슷한 규모라 비교할 만한 사례라고 살펴보고 있었다. 기사님은 천천히 말을 풀어냈다. "글쎄요… 한 이십 몇 만 되던데… 나는 여기 인구가 좀 줄었으면 좋겠어요. 자꾸 많아지는데, 그게 좋은 것 같지 않아요. 사람 많고 도시가 커진다고 뭐가 좋아요. 그냥 적당히 조용히 사는 게 좋은데 말이지요."

서울 아닌 모든 도시가, 모든 사람이 서울을 욕망하지는 않는다. 모두가 고층 아파트와 높은 빌딩, 비싼 브랜드의 백화

점과 프랜차이즈 입점, 대기업 유치와 대형 토목 인프라로 제 땅이 채워지기를 바라고 있을까? 서울조차도 빽빽한 건물에 숨이 막혀서 건물 사이에 공원과 숲을 만들겠다는 (또 다른) 토목사업이 늘어나는 추세인데. 관성이라 어쩔 수 없는지도 모른다. 서울을 표준이라고 고정해 놓은 인식이 오래되어 제 땅을 표준으로 삼을 생각을 감히 꿈꾸지 못한다. 서울의 헛짓거리를 목격하면서도 그 전철을 밟지 않고는 불안해서 견딜 수가 없다. 인구 감소, 인구 고령화의 시대에 인구 소멸 위기라는 지역살이가 정말 나쁘기만 할까. 2025년 군산의 인구는 25만 명이다. 너무 많은 사람이 아귀다툼을 벌여야 살 수 있는 것 말고, 오순도순 서로 알고 지내며 적당히 나눠 먹고 살기에 딱 좋은 인구의 숫자가 있을까? 정말 그 숫자에 딱 맞는 사람들만 모인다면 우리는 정말 그렇게 살 수 있을까? 인구 수치는 우리가 반드시 수행하고 도달해야 하는 목표가 아니라 현재 우리가 놓인 상황을 면밀하게 파악하기 위한 관측의 도구로 쓰여야 한다. 기어이 30만 명, 300만 명, 3,000만 명 등에 이르기 위해 대규모 행사 유치하듯이 홍보하고 안달복달하지 말고 지금 여기에서 사는 사람의 안전하고 평온한 삶에 집중하기를 바란다.

2. 새것과 옛것

지금부터 실전이다. 미국살이가 어렵지 않았던 이유는 진짜 삶에서 유보된 시기를 살고 있다는 느낌 덕분이었다. 아이를 낳고 키우며 어른 행세를 하고 있었지만, 부모에게 양육되던 어린 시절이나 학교의 관리를 받던 학창 시절과 다르지 않았다. 남편은 직장생활을 하다가 다시 공부를 시작했고, 학교에서 강의 등으로 일을 하고 있었지만, 그 역시 지도교수의 울타리 안에 있었다. 더 이상 핑계 댈 수 없었다. 실제 그러했건 아니건, 이제는 가정의 사랑을 받지 못했다, 학교의 교육을 받지 못했다, 사회의 지원을 받지 못했다고 원망할 수 없었다. 둥지를 벗어나 내 날개로 날아야 했다. 이제부터 내가 내 삶의 책임자다. 어깨가 무겁다. 조심스럽게 내 삶이 놓인 자리를 살펴보기 시작했다. 나의 진짜 삶터가 될 수 있을까.

마침 군산으로 이사 온 2013년은 군산의 문화·예술 분야에서 획기적인 선이 그어진 시기였다. 그해 봄, 군산 예술의 전당이 개관했다. 810억원의 예산을 들인 4년의 공사를 마친 예술의 전당은 집 가까이에 있어 지금도 자주 찾아가고 있다. 나의 군산 탐색은 예술 공연과 문화 활동의 방향으로 뻗어갔다. 앞서 살았던 곳과 달리 군산은 오래 머물러야 할 곳이었다. 어릴 때부터 마음에 품었던 연극 분야에 적극적으로 다가가기로 했다. 지역에서 오래 활동해 왔던 극단을 방문하는 용기를 내어 보기도 했고, 우연히 인연이 닿은 즉흥극 플레이백시어터에 이후 많은 시간과 정성을 쏟았다. 그리고 전북문화예술교육 전문인력 아카데미를 시작으로 지역 예술가와 교류를 넓혀갔다.

원도심에 대한 관심이 커지면서 서울을 찾는 횟수가 조금씩 줄어들었다. 1900년대 초반의 적산가옥이 고스란히 남아 있는 원도심 거리는 일제 수탈의 역사를 드러내고 있었다. 박물관, 건축관, 미술관 등이 있어 흥미로웠다. 1900년대 중후반에 활발했던 내항으로 원도심 인근이 융성했던 시절도 몰랐고, 시청의 이전을 전후하여 점차 낙후되어 모두의 발길이 끊어졌던 과정도 알지 못했기에 새롭게 단장되어 나를 반기는 군산의 원도심이 신선했다. 신도심에서 구도심으로 찾아오는 군산 사람은 거의 없었고 흥미진진한 이곳의 거리를 관광객들만 오가는 것을 의아하게 여겼다.

군산 곳곳에 표기된 '근대역사'라는 단어가 새로웠다. 한국
의 역사와 문화에 남다른 관심을 갖고 있었던 것은 아니었지
만, 고개를 끄덕이며 학창 시절 익혔던 근대의 역사와 근대
의 문학을 기억해 냈다. 2011년 개관한 근대역사박물관으로
6개월 만에 10만 명이 방문했다. 2013년은 군산시의 근대산
업유산 창작예술벨트사업과 근대역사경관 조성사업이 완료된
시점이다. 100여 년 전에 건립된 조선은행, 일본제18은행 군
산 지점, 미즈상사, 대한통운창고 등의 근대건축물을 복원하
여 근대건축관, 근대미술관, 장미공연장, 장미갤러리, 미즈
카페 등 복합문화 예술창작 공간으로 조성하는 사업의 결과
가 마치 나의 군산 이주를 환영하듯이 때에 맞춰 눈 앞에 펼
쳐진 것이다. 영화 〈타짜〉를 비롯하여, 낡은 배경과 오래된
감성을 담고 싶은 카메라 감독들이 즐겨 군산의 원도심을 찾
아왔다. 히로쓰가옥(신흥동 일본식 가옥), 동국사, 해망굴 등
이 모여 있는 월명동과 내항 일대의 근대건축자산을 독특한
자원으로 보전하고 활용하기 위해 도로와 외관을 정비했다.
군산은 대표적인 '근대'의 도시로 이름을 떨치기 시작했고

관광객과 다름없는 나의 시선에 군산 원도심은 상당히 매력적이었다.

지금 '근대문화거리'를 검색하면 군산 외에도 목포, 인천, 포항, 대구, 강경 등 여러 도시의 이름이 나열된다. 문체부와 군산시의 성공적인 사업은 다른 지자체에서도 1920-30년대 건축물을 활용한 새로운 관광자원을 활성화하도록 자극했으며, 해방 이전과 이후의 산업시설 구분하지 않고 '근대산업유산'이라고 통칭하여 표기하며 일제강점기를 곧 '근대'라는 시기로 부르는 것에 익숙해지게 되었다. 100년 전의 역사를 직접 겪지 못한 세대에게 일제강점기는 역사책과 박물관에서 볼 수 있는 참혹하고 비장한 '과거'였다. 그러나 관광자원으로서 근대는 한반도에 신문물이 유입되는 다분히 낭만적인 시대로 비쳐질 수 있었다. 19세기 말과 20세기 초반을 배경으로 하는 영화·드라마가 늘어났고 '경성 스타일' 혹은 '근대 의상'이나 '개화기 의상'이라고 부르는 서구식 복고풍 옷을 빌려 입고 사진 찍는 것이 인기를 끌었다. '개화기 의상' 중에는 황토색 일본 순사의 의상도 포함되어 있었다. 2015년 군산 시간여행축제에서 100인의 퍼레이드를 기획하고 현장을 준비할 때도 '개화기 의상'을 활용했다. 퍼레이드 속에서 일본인 순사와 독립군이 아주 짧은 대사를 주고받는 역할극을 준비하던 고등학생들이 서로 하고 싶어했던 것은 순사 역할이었다. 의상이 멋지다는 이유였다. 그들더러 역사의식이 없다고 비난할 수 없었다. 퍼레이드를 비롯한 여러 행사를 벌이고 있지만, '근대'를 다루는 손길이 섬세하지 않고 고민이 치열하지 못했음을 알았다. 학생들의 반응이 당혹스러웠고 그들이 이렇게 반응하게 한 지금의 현실을 만든 '어른'인 내가 미안하고 부끄러웠다. 낭패감이었다.

신문물이 넘치는 낭만적인 과거의 현실 속으로 들어간 기분으로 월명동을 거닐고 있노라면, 군산이라는 낯선 공간은 독특한 여행지이고 신기한 관광지였기에 만족스러웠다. 이색적인 풍경을 사진에 담고 즐기던 걸음이 충분히 쌓이고 나서야 의문이 들었다. 이대로 괜찮은 것인가, 주어진 현상을 고민 없이 긍정하기를 멈추고 어떻게 수용해야 할지 생각할 필요가 있었다. 과연 100년 전의 식민지 역사를 낭만적으로 봐도 될 만큼 객관적으로 대면했던 바 있는가? 감정적 동요 없이 정확한 자료를 근거로 세계적 맥락에서 분석했던 바 있는가? 식민지성도 근대성도 충분히 규명하지 않은 상태에서 낭만화하기는 섣부르지 않은가? 일제강점기를 '근대화의 시기'로 단순 규정하는 것은 식민지근대화론과 뉴라이트 사관이 아닌가. 호남 이남에서 일어난 최초의 만세 운동은 바로 이곳 군산에서 일어났다. 군산은 3.5만세운동으로 일제 수탈에 대한 항쟁의 역사를 강조하고 있지만, 관광지로 활용하기 매력적인 낭만성에 비해 충분히 중요하고 의미 있게 다루고 있는가. 왜 이곳을 오가는 사람은 관광객뿐인가. 군산의 시민은 군산의 원도심을 어떻게 바라보고 어떤 공간으로 살아가고 있는가. 왜 원도심은 쇠락했는가. 왜 새로운 신도심은 자꾸 생겨나는가. 신도심에서 다른 신도심으로 넘어가는 간격은 왜 빨라지는가. 식민과 근대는 '과거'에 종료되어 정말 마침표를 찍었는가?

원도심의 경관을 바라보면서 내 안에 여러 의문이 생겨나고 있을 때 군산시는 2014년 도시재생사업을 시작한다. 쇠퇴한 원도심에 활력을 불어넣고 지역의 소득 창출과 일자리 창출, 공동체 활성화를 목표로 도시 경쟁력을 강화하는 도시혁신사업은 현재까지 이어지고 있다. 그리고 2015년 문체부의 문화특화지역 조성사업에 선정되어 개복동의 오래된 영화관을 리모델링하여 군산시민예술촌을 운영하기 시작한다. 호기심에 이끌려 눈에 띄는 여러 문화 이벤트와 강좌, 워크숍에 참여했다. 지역에도 제법 다양한 행사가 많이 있음에 마냥 즐거워했고, 괜찮은 프로그램이 지속되지 않는 것을 의아하게 여겼다. 오래된 것을 고치면서 지속하는 것은 어려운 일이다. 프로그램도, 건물도, 그리고 도시 공간도 마찬가지였다. 신도심에 새로운 상가와 주택을 건설하고 원도심을 쇠락하게 내버려 두는 것과 같았다. 2013년 예술의 전당 개관과 동시에 폐관된 곳이 있었다. 군산 시민문화회관은 1989년부터 20년 넘게 콘서트, 뮤지컬, 오페라 등 대형 공연을 선보였고, 어린이집 장기자랑, 개인 독주회, 동호회 발표회까지 시민들이 무대의 주인공으로 활약해 왔던 군산의 대표적인 문화예술 공간이었다. 오래된 건물이니 안전상의 이유로 잠시 사용이 멈출 수는 있다. 그러나 전혀 다른 공간에 새로운 건물을 짓는 것으로 모든 문제를 해결할 수 없었다. 옛 건물은 수년간 그대로 방치되었고 건축가 김중업의 유작인 이 건물은 해체되고 부서져 주차장이 될 위기를 겪기도 했다. 다행히 군산시민회관은 여러 곡절을 거쳐, 군산회관(GCC)이라는 이름으로 재탄생했다. 2025년에는 지난해에 이어 제2회 군산북페어를 성공적으로 치러내기도 했다.

그러나 군산 원도심의 중심이었던 구 시청은 살아남지 못했다. 1930년대에 붉은 벽돌로 지어진 구 시청 건물은 1997년 일제 잔재를 없애야 한다는 이유로 와르르 헐리고 말았다. 그 후로 20년도 안 되어서 그곳에서 '일제 잔재'를 관광자원으로 삼게 될 것을 아무도 예상하지 못했을 것이다. 2001년, 시청 건물이 철거된 빈터에는 청소년 전문매장이라는 '로데오 상가'가 들어서지만, 개점 5년 만에 상가 60여 개가 모두 문을 닫아 매물로 나오게 된다. 군산시가 그 건물을 매입했고 그곳에서 2015년 〈아트레지던시 페스티벌 in 전북〉이 열린다. 나는 당시 함께 활동하던 지역 예술단체 '일상예술 띄움'의 일원으로 페스티벌에 참여했다. 빈 상가가 예술 공간으로 탈바꿈하는 것을 직접 목격하여 기쁘고 신나게 즐겼던 시간이었다. 전국의 레지던시 작가 40명을 초대하여 상품을 파는 매장 공간이었던 자리에 개성있고 우수한 예술 작품을 전시한 행사는 칭찬받기 충분한 실험이었다. 그러나 관람객이 적어 아쉽다거나 안내하는 인력이 부족했다는 평가만 받고 아무것도 남기지 못했다. 페스티벌도 도전적인 실험도 이어지지 않았다. 3년 넘게 다른 활용 방안을 찾지 못한 상가는 결국 헐리고 만다. 현재 많은 관광객이 단팥빵을 사려고 기꺼이 줄을 서서 기다리는 이성당 맞은편에 있는 '구 시청 광장'이 바로 그 자리다.

새로운 문화공간, 새로운 문화예술 이벤트, 그리고 새 아파트와 새 물건. 누가 새것을 좋아하지 않았던가. 낡은 시민문화회관이 군산의 유일한 공연시설이었다면 나의 서울 나들이는 더 잦아지고 더 길어졌을 것이다. 새것이 옛것보다 좋아 보이려면 더 크고, 더 세고, 더 화려하게 치장해야 했다. 새것이 새로워지는 속도는 점점 빨라졌고, 가격은 점점 비싸졌다. 서울에서 유행하는 것, 해외에서 유행하는 것은 좋아 보였다. 새것은 건축과 예술, 문학, 노래, 옷, 음식, 일상의 영역까지 조밀하게 들어왔다. 새것에 홀려 호주머니와 통장의 돈이 어느 자본으로 흘러가는지 알 틈이 없었다. 학창 시절을 보낸 강남의 어느 동네가 생각난다. 지금은 지하철 9호선 삼성중앙역과 봉은사역으로 연결된 봉은사로가 즐겨 가던 산책길이었다. 그곳의 양편으로 판이한 모습이었다. 한쪽에는 봉은사가 있었고 다른 한쪽에는 코엑스가 있었다. 서울시 내에서 보기 드문 불교사찰인 봉은사 둘레는 늘 나무가 무성하게 우거졌고, 멀리 산으로 가지 않아도 자연 속에 둘러싸인 것 같아 계절을 가리지 않고 찾아갔다. 가로세로 반듯한 직선과 금속성 재질로 시원하게 뻗은 코엑스는 언제나 흥미로운 이벤트가 열리고 있었다. 나는 새것과 오래된 옛것이 모두 좋았다. 군산의 원도심은 오래된 것, 한 곳에서 오래 살아온 사람들, 오래된 이야기에 귀를 기울이게 했다. 잘 듣기 위해서 귀를 기울이는 방식을 고민했다. 새것과 옛것이 조화롭게 만나는 길을 찾기를 바랐다.

3. 손님 말고 주인

수년 동안 다양한 '문화 사업'이 이어졌다. 나는 도시재생사업, 문화예술교육사업, 문화예술진흥사업, 개복동 문화예술의거리사업 등 각 사업에서 파생한 오종종한 프로그램에 부지런히 참여했다. 지역의 현재와 미래를 고민하는 사람, 지역의 과거에 심도있게 몰두하는 사람, 자신의 예술에 골몰하는 사람, 예술과 지역의 연결을 모색하는 사람을 다양하게 만났다. 이런저런 행사에 참여하라는 웹자보와 안내 문자가 수시로 날아왔다. 2020년 8월의 마지막 날에 만나자던 '군산 문화도시 사업추진단 출범식' 참석 안내도 그중 하나였다.

행사 장소는 파라디소 야외 공간이었다. 친숙한 낯의 몇 사람과 인사를 나누며 오늘 행사의 정체가 무엇이냐고 물었다. 머리를 맞대고 기억을 더듬어보니 몇 달 전에 추진단에 참여하겠냐는 요청에 선선히 알았다고 답했던 일이 떠올랐다. 새로운 사업 추진에 필요한 명단에 이름을 채우듯이 오늘은 머릿수를 채우기 위해 동원한 것 아니겠냐고 키득댔다. 스무 명 남짓 모인 자리는 이미 논의가 있었는지 추진단의 단장과 부단장이 빠르게 선출되었다. 이어서 소규모 라운드 테이블이 진행되었다. 가능한 낯선 사람이 만날 수 있게 짜인 표에 따라 자리를 옮겨 앉았다. 나눌 주제는 '내가 살고 싶은 도시는 무엇인가'였다.

대부분 '사업'에 익숙한 '전문가'들이었는지 도시가 꼭 갖춰야 한다는 구체적인 제안들이 빠르게 쏟아져나왔다. 자신을 소개하고, 자신의 관심사를 말하고, 자신에게 필요한 것을 요구했다. 제각각의 제안들이 우리 도시를 위해 제일 중요하다는 것에만 의견이 일치했다. 도시를 위한 이 많은 제안을 두고 어떻게 선후를 정해야 하는가. 내 제안이 첫째가 되기 위해 영향력 있는 전문가, 공무원을 찾아 평소에 친분을 쌓아야 할까. 예산을 확보한 기관이 제시한 사업 공모에 선정되기 위해 요건에 맞춰 적절하게 내 필요를 수정하거나 타협해야 할까. '내가 살고 싶은 도시'를 두고 구체적이고 세부적인 제안이 속출했다. 부지런하고 열성적인 사람들이 많았다.

사업을 기획하고 사업에 응모하는 경험이 적은데다가 그들만큼 부지런하지도 열성적이지도 않은 나는 그저 부끄럽지 않은 도시에 살고 싶다고, 내 아이들이 고향으로 삼고 싶은 도시에 살고 싶다고 했다. 구체적으로 말한다면 예술이 사업의 도구로 쓰이지 않는 도시에 살고 싶다고 했다. 몇년간 지역의 여러 행사를 참여해 볼수록 안타까움이 쌓였기 때문이었다. 실력 있는 사람들, 지역에 깊은 애정을 가진 사람들은 많았다. 그러나 '사업'으로 생성된 자리는 새로 갈아 채우는 방식으로 그들의 에너지를 소진했다. 사업들은 비슷해 보였지만 항상 새로운 것을 만들어야 했다. 사업도 사람도 잠시 반짝하고 만났다가 흩어지기를 반복했다. 만남이 지속되고 공동체가 형성되는 일은 요원해 보였다. 쪼개지고 깨져 떨어져 나가는 일만 일어나는 것처럼 보였다. 사금파리로 부서진 조각 모서리는 점점 날카로워졌다. 고급문화, 대중문화를 바라보는 격차, 이주민과 원주민 사이의 은근한 긴장, 민관 사이의 불협화음이 점점 눈에 보였다. 넉넉한 예산과 큼직한 사업 기획이 없어도 서로를 존중하는 도시에 살고 싶었다. 불현 듯 '사업추진단'이 출범하는 자리에 혼자 허황한 소리를 하고 있다 싶어 목소리가 작아지고 주눅이 들었다.

몇 달 뒤 가을, 역시 문화도시 사업추진단이 주최하는 〈"문화도시란?"〉이라는 제목의 포럼이 열렸다. 그동안 군산 문화도시사업 TF팀이 구상해왔던 사업 추진 방향 발표와 함께 문체부가 구상하는 문화도시 사업이 무엇인지에 대해 알려주는 발제들이 이어졌다. 핵심은 하나였다. 도시와 문화의 지속성은 사람, 즉 시민에게서 나온다는 내용이었다.

"인류 역사에 있어, 지속성의 실체는 자본과 권력, 파괴와 개발이 아니다. 인류 역사를 혁신, 진화시키는 지속성의 실체는 결국 문명과 기술, 그리고 사람 곧 시민이다. 문화의 영역인 셈이다.

시민들의 구체적 삶의 현상 하나하나에 가치와 의미를 발견하게 함으로써, 삶의 방식을 변화시키고, 과정과 규칙이 존중되며, 변화와 혁신을 위한 창의적 상상력이 시민의 삶을 전환시켜 도시의 미래를 열어 갈 수 있어야 한다. 이것이 사회 제 영역을 갱신, 진화시킨다. 문화도시가 이를 증명해 낸다면, 이는 세계 문명사에 있어 혁명이다."[2]

진심일까? 의심부터 들었다. 지금까지 접했던 문화·예술 사업은 즐거웠다. 재미나고 새로운 경험을 '무료'로 제공하니 고마웠다. 그러나 언제나 '참여자'의 자리에 머물러야 했다. 나는 무대를 지켜봐야 하는 구경꾼이고, 문화적 기술을 배우고 학습해야 하는 수강생이었으며, 예술적 감각이 트이도록

---

2) 「문명과 도시, 문화도시」 차재근, 기조 발제문 중에서. 〈"문화도시란?"〉 포럼 2020년 10월 7일 군산시민예술촌

깨우침을 받아야 하는 계몽의 대상이었다. 가정에서 양육되는 어린 시절과 학교에서 보호받는 학창 시절과 다르지 않게 여전히 책임도 권한도 없는 존재였다. 그런데 발제자의 주장에 따르면 이제 나는 내 삶의 터전에서 그리고 내 삶에서 객이 아니라 주가 되어야 했다. 대상이 아니라 행위자가 되고 손님이 아니라 주인이 되어야 했다. 문화도시라는 사업은 나더러 주체의 자리에 앉으라고 초대하고 있었다. 이어진 발제[3]는 법정 문화도시의 정책적 개념 정의부터 먼저 밝혔다.

"시민이 공감하고 즐기는 도시문화의 고유성과 창조력을 바탕으로 미래지향적 사회성장구조와 지속가능한 도시발전체계를 갖춘 법정 지정도시 ▶ 문화의 가치와 가능성을 바탕으로 진화하는 사회적 생명체"

낯선 용어로 들어찬 이 문장은 일면 허공에 뜬 수사에 불과해 보이기도 했다. 그러나 지금까지 보았던 사업들과 다른 관점을 견지하는 것은 분명했다. 발제자는 이것이 일종의 실

---

3) 「지역사회의 공감과 참여를 만드는 문화 거버넌스」 추미경, 발제문 중에서, 같은 포럼

험이며 시행착오가 있을 것이라고 경고했다. 지금까지와 다른 접근 방식을 취해야 하고 관행을 넘어야 하기에 쉽지 않은 길이라고 했다. 최선을 다해도 무늬만 확장하고 무늬만 변화하는 한계에 머무를 가능성이 크다고 했다. 그래서 강조하는 결론은 '정책의 과정 자체를 문화화'해야 한다는 것이었다. 다양한 분야의 도시민이 주체가 되어 문화경영체계-지역문화 거버넌스를 구축해야 한다고 했다. 이 포럼의 발제가 아니어도 당시의 문체부, 행안부, 국토부 등 국정 사업은 점차 시민의 역할을 강조하는 기조를 보이고 있었지만, 시민을 여전히 '참여자'의 자리에 놓는 탑-다운 방식에서 벗어나기 어려웠다. 그러나 문화도시 사업은 본격적으로 시민의 존재를 가장 앞으로 가져오는 것 자체를 목표로 두는 것처럼 보였다.

정말 시민이 주도하고 시민이 주인되는 사업을 구상하고 있다고? 문화도시 사업이라는 것이 그런 것이라고? 진심이 아니더라도, 한계가 있다해도, 이런 취지와 목적이 입바른 소리에 불과해도 반가웠다. 이런 사업을 정부가 제안한다는데 마다할 이유가 없다. 어떤 지자체에서도 도시의 차원으로 사업 규모를 확장해 본 경험도 없고, 관과 민의 협력적 거버넌스를 조직화해 본 경험도 없었다. 그렇기 때문에 시행착오를 거듭하게 될 것이 현실이라고 했다. 그럼에도 하지 않을 수 없었다. 일단은 시작해야, 뭐라도 해 봐야 하지 않겠는가. 목표하던 바를 이루지 못한다고 하더라도, 실패한다고 하더라도, 시민이 시민의 문화 사업에 앞장서야 하지 않겠는가. 포럼 후 이어진 뒷풀이 자리에서도 문화에 대하여, 시민에 대하여, 그리고 거버넌스에 대한 대화가 이어졌다. 다음 날, 나는 군산 문화도시 사업 추진 TF팀에 합류했다.

3. 뭔가 부족하다

2020년에는 코로나19가 한창이었다. 신종 전염병이 전 세계를 휩쓸고 있었다. 마스크와 손세정제와 거리두기가 일상이었다. 항상 마스크를 쓰고 다녔으니 얼굴 익히는 데에도 시간이 걸렸다. 사람들의 의견을 듣고 모으는 것에 가장 필요한 것은 참고, 기다리고, 인내하는 시간이었다. 우리는 늘

시간이 부족했다.

법정 문화도시 사업은 지역문화진흥기본계획에 기초한 문체부 사업이었다. 지역별로 고유한 문화자원을 효과적으로 활용하여 문화 창조력을 강화할 수 있도록 문화도시를 법정으로 지정하고 활성화하여 공간+문화+사람의 어우러짐을 기대하는 사업이다. 군산시는 2020년 12월에 지정되는 제2차 법정 문화도시에 지정되고자 했다. 문화도시에 도전하는 지자체는 '법정 문화도시'로 지정받기 위한 아래의 세 가지 단계의 과정을 거친다.

(1) 준비도시 : 조성계획서 작성 단계. 12월 계획서 제출 및 발표. 사업비 예산 없음.
(2) 예비도시 : 선정된 조성계획을 일 년간 소규모로 실행. 12월 최종 계획서 제출 및 발표. 사업비 예산은 지자체의 지급 정도에 따라 다름.
(3) 본도시 : 선정된 조성계획을 오 년간 대규모로 실행. 사업비 예산 문체부+지자체 최대 200억 원.

예비도시로 선정되면 본도시 지정에 2년 연속으로 도전할 수 있다. 두 번째 도전에도 실패하면 향후 문화도시로 지정되지 못한다. 군산은 2020년 당시 준비도시였다. 12월에 계획서를 제출하고 예비도시로 지정되기 위해 빽빽한 일정을 다급하게 치러내고 있었다.

10월의 포럼이 끝나자마자 현장 검토를 위한 심사위원들의 방문을 준비해야 했다. 11월 시민원탁회의, 12월 최종 조성 계획서 제출과 발표가 연달아 예정되어 있었다. 프로 예술가도, 전문 기획자도, 전공 관련자도 아닌 내가 어떻게 TF팀에 들어갈 수 있었을까. '이주민 일반 시민'으로서의 정체성을 가진 사람이 필요하기도 했지만, TF팀에는 실제로 일할 사람이 없었다. 문화도시사업에 대한 이야기가 사람들 사이에 퍼지고 있었지만 최저시급도 없고 일체의 보수 지급도 받지 않고 열성적으로 일에 뛰어드는 사람은 많지 않았다. TF팀에 내가 아는 사람은 군산시민예술촌의 박양기 촌장과 파라디소의 송성진 대표 두 사람뿐이었다. 새로운 사람을 만나 인사를 하고 명함을 받아도 누가 누군지 알아보지 못했다. 마스크로 얼굴을 가리고 있었기 때문이기도 했지만 얼굴에 이름, 직함과 하는 일을 한 줄에 꿰어 익히지 못할 만큼 많은 사람을 한 번에 만났기 때문이었다. 문화도시 사업 가이드라인을 공부하고 군산이라는 도시의 특성을 공부해야 했다. 사업의 체계를 이해하는 것도, 군산에 대한 공부도 어려웠다. 그때 신석호 선생이 많은 도움을 주었다. 그는 오래전부터 군산의 지역적 문화 활성화를 위해 수 차례의 예술 프로젝트를 기획한 화가이자 기획자이다. 그의 말은 길고 원론적이라, 고루하다는 오해를 받았다. 처음 사업을 접하는 입장이라면 그의 말은 탄탄한 기본 이론으로 무장된 좋은 학습서라는 것을 알 수 있을 것이다. 그동안 예술활동과 문화공간, 또는 예술공간과 문화활동의 범위를 벗어나지 못했던 내 관심의 영역이 도시라는 단위로 넓어졌다. 비교사례 연구를 위해 군산뿐 아니라 다른 지자체에도 적극적으로 관심을 갖게 되었다. 군산 토박이인 조종안 기자가 조사한 탄탄한 자료 또한 공부의 바탕이 되었다. 그는 다방면으로 폭넓은 호기심을 바탕으로 깊이 있고 방대한 자료를 구축했고 여러 차례 군산학 강좌를 개설한 시민 향토사학자였다. 공부할 내용이 많았으니 단기간에 문화도시사업을 구상하는 주요한 역할을 맡기에는 역부족이었다. 나는 내가 할 수 있는 일에 집중했다. 거의 모든 회의를 실시간으로 기록하고 정리했고, 시민의 입장에서 떠오르는 의문을 제기했다. 사업을 구상하는 공무원이나 예술가, 기획자 역시 시민이라는 사실을 잊지 않고, 시민이 주인 되어야 한다는 초심의 상태로 깨어있을 수 있도록 노력했다.

TF팀은 시간이 부족했다. 그해 3월 군산시는 문화도시사업을 준비하기로 하면서 추진협의회와 기획단을 꾸렸다. 문화도시사업 조성계획서 작성을 위해 기획 전문업체에 용역을 맡겼지만 그들이 세련되게 가공한 결과물은 좋지 않았다. 지역인의 목소리가 들어가지 않는 형식적인 기획서였다. 추진협의회와 기획단은 계획서를 용역에 맡긴 것이 잘못된 판단이었음을 인정하고, 시간이 얼마 남지 않아 늦은 감이 있었지만 스스로 사업을 구상하고 계획서를 새로 작성하기로 결심한다. 본격적인 컨설팅과 포럼, 원탁회의 등이 이어졌다. 파라디소에서 추진단 출범식을 개최한 것도 일련의 과정에 있었다. 시민 전체의 의견을 수렴하기에는 턱없이 부족한 시간이었지만 지역에서 살고있는 예술가, 민간 기획자, 사업가, 청년, 나 같은 일반 시민, 그리고 시 문화예술과 공무원이 밤샘을 마다하지 않고 집중해 뛰어들었다. 마침내 군산문화도시사업추진 TF팀은 〈예술항 군산〉이라는 조성계획서를 완성한다. 시민가치를 담은 주체성과 창의성, 도시가치를 담은 포용성과 연결성이라는 4대 핵심가치와 '창의인력이 살고 싶은 국제교류 문화도시, 예술항 군산'이라는 비전을 제시하기에 이른다. 코로나19로 계획서 발표는 줌으로 진행되었다. 그동안 뜨겁게 함께했던 추진단이 발표자 뒤에 옹기종기 모여서 발표를 응원했다. 그러나 결과는 아쉽게도 실패. 다음 해 예비도시에 이름을 올리지 못하고 만다.

실패라는 결과가 나온 후, TF팀이 나눴던 이야기들이 가슴을 울렸다. 반년 동안 폭풍처럼 휘몰아치듯 집중하며 협업한 경험은 모두에게 강렬하게 남아 있었다. 특히 지역의 예술문화 분야에서 공연자이자 기획자로 오래 활동했던 박양기 촌장은 고백하듯 말했다. "우리는 떨어졌지만, 남는 게 있다. 바로 오늘 같은 자리다. 이렇게 다양한 이야기를 나눠본 일이 없다. 특히 시와의 관계에서도 이렇게 날이 새도록 이야기한 일이 없었다. 이게 중요한 거다." 만약 선정되었어도 적어도 2년은 시민과의 만남, 오로지 거버넌스 구축에 집중해야 한다는 컨설턴트의 말을 기억했다. 내년에는 바닥부터 다지며 직접 시민을 만나자고 다짐했다. 11월에 진행했던 군산시의 공식적인 첫 번째 시민 원탁회의에서 이런 말을 남긴 참가자가 있었다. "이제야 내 이야기를 들어주네요." 급하게 준비해 부족한 점이 많은 원탁회의였지만, 지금껏 이야기를 듣고자 마련된 자리조차 없었다는 뜻이었다.

그렇게 마음을 다독였지만, 기대가 컸기에 예비도시 지정 실패의 충격은 컸다. 회의와 만남의 횟수가 급격히 줄어들었다. 추진단은 군산대학교의 전문인력에게 도움을 요청했다. 모든 시민을 만날 수는 없겠으나 시민들이 군산에 대해 어떻게 생각하는지를 알아볼 수 있도록 기본적인 설문조사를 대대적으로 실시했다. 문항을 만들고 설문의 필요를 알리고 결과 내용을 분석하는 과정이 있었다. 적은 인원이어도 청년, 예술, 여성 등으로 구성한 소규모 원탁회의를 진행했다. 적극적인 시민의 만남과 사업에 대한 관심과 참여를 독려하기 위해 '봄바람 추적단'을 모집했다. 군산에 대해 애정과 열정을 가진 시민들이 선뜻 추적단으로 참가했다. 짧은 기간이었지만 각자의 전문성과 관점으로 군산의 모습을 관찰했다. 주제와 방법에 제한을 두지 않고 자유롭게 의견을 개진할 수 있도록 했다. 실험적인 활동이었기에 체계적이지 않았으나 추진단이 놓치고 있던 도시 이슈를 여럿 발굴했다. 그러나 그 내용은 자료집으로 정리되었을 뿐 충분히 활용하지 못했다. 내용뿐만 아니라 시민과의 연결고리가 되기를 바랐던 추적단과의 만남을 이어가지 못했다. 프로그램 종료 이후에 예산도 없고 시간도 없어 아무도 신경 쓰지 못했다. 책모임이나 답사모임의 형태로라도 봄바람 추적단을 유지했더라면 얼마나 좋았을까. 소중한 시민 네트워크가 그렇게 쉽게 흩어져 버렸다. 나 또한 문화도시 사업으로 소홀했던 즉흥극 작업을 더 미뤄둘 수 없어서 조성계획서 집필팀에서 빠지기로 했다. 미련이나 집착일지 몰라도 끝까지 최선을 다하지 못했다는 아쉬움과 자책의 감정이 남는 결정이었다.

2021년 군산 문화도시 사업계획은 이전 계획을 지우고 〈문화공유도시 군산〉으로 새롭게 조성되었다. 自(자-문화주체로!), 共(공-문화공동체로!), 公(공-문화도시를!)의 세 가지 핵심가치와 '일상 모음과 가치 나눔, 문화공유도시 군산'이라는 비전을 제시했고 드디어 예비도시로 선정되는 쾌거를 이룬다. 2022년부터 공식적으로 '문화도시센터'가 운영을 시작했고, 시 예산이 투입되는 '예비사업'을 진행했다. 나는 시민이 적극적으로 참여할 수 있는 '동네문화카페' 프로그램에 무지개독서회의 이름으로 참여했다. 다른 프로그램과 달리 활동 지원금 사용에 거의 규제가 없었고, 항상 골치를 썩였던 예산 정산도 파격적으로 수월했다. 무지개독서회는 야외 낭독회 개최로 지역과의 만남을 즐겁게 시도했고, 우리의 잠재력을 확인할 수 있었다. '평범한 아줌마'들도 뭔가를 해낼 수 있다는 가능성을 보았다. 그러나 군산시는 그 해 본도시 지정에 실패한다. 윤석열 정부는 2023년 법정 문화도시 사업을 돌연 폐지하겠다고 결정한다. 5차 문화도시를 준비하던 전국의 지자체에 혼란이 일자 윤정부는 '대한민국 문화도시'라는 이름으로 재공모하겠다고 결정을 번복한다. 심사 기준이 달라졌다는 불안한 소문들에 술렁이면서 군산은 문화도시 조성계획서를 다시 한번 전혀 새롭게 단장해 제출했다. 〈물길로 잇는 '시간문화여행의 도시' 군산 ─금강 물결과 서해 고군산군도, 강해江海 문화로드를 잇다〉는 '해상도시의 생기 ─바다와 섬의 생명력을 전해주는 콘텐츠', '항구도시의 활기 ─매력항과 활기 넘치는 항도 이미지', '하구도시의 온기─이웃 사이에 풍요를 나누는 스토리'라는 세 가지 도시정체성을 제안한다.

결과는 실패. 이로써 군산은 법정 문화도시로 지정될 수 있는 모든 기회를 잃었다. 힘겹게 동력을 끌어오던 에너지가 모두 소진되었다. 지정 실패 후, 그 결과를 보고하는 회의도 열리지 않았다. 그동안 수고했다는 서로에 대한 격려와 인사도 없었고 반성과 정리의 과정도 없이 군산의 문화도시 사업 추진은 소멸했다. 사업을 따내는 과정은 어렵다. 바쁘고 힘들어도 더 멀리 보지 못하고 눈앞에 벌어진 일에만 깊이 몰두했던 당시를 돌아보면 부끄러워진다. 만나서 이야기하는 자리가 필요하다고 모두 입을 모아 말했지만 당장 처리해야 하는 과업을 달성해야 하는 것이 우선되어 충분히 고민할 여유는 항상 없었다. 토의하자는 제안은 바쁜 일정에 쓸데없이 발목 잡고 트집 잡는 행동으로 취급되었다. 조급하게 결정하여 누구에게도 충분히 만족스럽지 않았던 과업 수행에 끌려다녔다. 우리는 시간이 부족한 것이 아니라 마음이 부족했기에 실패한 것 아니었을까.

4. 실패를 찾아서

"'대한민국 문화도시' 군산시 쓴 잔… 4년 도전 결국 물거품"

"시 관계자는 "이번 탈락으로 재도전의 기회도 사라졌다"며 "시민들의 많은 응원과 지지가 있었지만 좋은 결과를 얻지 못했다"고 고개를 떨궜다."[4]

군산 문화도시를 검색하면 제일 상단에 올라오는 기사 내용이다. 정말 그러했을까. 군산 문화도시는 물거품이 되어 사라진 헛된 기대였던가? '법정'으로 지정받지 못한 도시는 문화적인 도시일 수 없는 것인가? '예산'을 확보하지 못한 도시는 문화도시가 될 수 없는 것인가? '지정 실패'라는 결과가 2020년부터 힘겹게 달려온 시 공무원과 시민 모두의 시간을 물거품으로 만들어버렸는가? 이와 같은 질문은 문화도시를 추진하는 과정에서도 논의한 바 있었다. 지역 간 문화도시 사업 실무자 네트워킹 회의를 통해 다른 지자체 역시 같은 고민을 하고 있음을 확인했다. 시민의 역할을 강조하는

---

4) 투데이 군산, 2024.1.4.

문화도시 사업의 구상은 긍정적이나 결국 예산을 따내기 위해 지자체 간의 경쟁을 부추겨 버렸다는 문제점을 지적했다. 지역별로 배정하지 않는다고 했으나 어쩔 수 없이 가까운 이웃 도시들은 서로를 깎아내리려는 마음을 품게 했다. 시민의 목소리를 더 많이 들어야 한다고 했으나, 정작 시와 시민 사이에 놓인 실무 담당자들은 답답한 마음을 토로할 곳이 없어 많이 외로워하고 지쳐갔다.

문화도시 사업은 다른 정부 사업에 비해 적은 예산이지만 건물과 같은 하드웨어가 아닌 대부분 소프트웨어와 휴먼웨어에 가용되어야 하기 때문에 전국의 많은 지자체들이 이 사업에 뛰어들게 했다. 취지는 좋으나 당장 예산을 따내야 하는 과업 앞에서는 초심을 잃기 쉬웠다. 어쩌면 처음부터 예산 따는 것 자체만을 목표로 두었을지도 모른다. 원하는 결과에 이르지 못한 안타까움에 고개를 떨구게 되겠으나, 그것으로 끝내서는 안될 일이다. 4년이나 애썼으니 고생했다고, 담당한 시 관계자와 크고 작은 마음으로 일조한 시민 모두에게 격려의 박수와 토닥임이 반드시 필요하다. 도전했던 용기를 치하한 후에 실패의 원인을 분석해야 한다. 문화도시 사업은

'법정'이라는 타이틀과 예산을 따내기 위한 시합이 아니었다. 법정 문화도시라는 지점에 이르기 위한 과정에서 지금까지 발견하지 못했던 도시와 시민의 존재가 드러나고, 한번도 만나지 못했던 도시와 시민이 서로를 마주보고 함께하는 만남을 이뤄내는 것이었다. 실패는 멈춰 돌아볼 수 있는 성찰의 기회다. 지난 과정을 되짚어서 어떤 선택을 할 수 있었을지를 상상하는 자리가 이어지지 않고 진짜 물거품이 된 것 같아 몹시 안타깝다.

나에게 문화도시 사업은 실패가 아닌 도전이며 세계의 확장이었다. 부족했지만 만남이 있었고 고민이 있었다. 실현하지 못했으나 어떤 도시에 살고 싶은가라는 바람이 생겼다. 내가 아무 곳에서 살고 있는 것이 아니라 특정 도시, 군산이라는 도시에 살고 있음을 깨달았고, 그 도시에서 살아가기 위해 고군분투하는 사람들이 있음을 보았다. 군산이라는 이름으로 흘러가는 거대한 물줄기를 밖에서 지켜보는 것이 아니라, 시민이라는 하나의 물방울로 큰물에 섞여 함께 존재하고 있음을 확인한 귀한 경험이었다.

2020년 겨울, 〈예술항 군산〉의 최종 결과를 며칠 앞두고 그동안의 소회를 나눈 날이 있었다. 첫 도전이었기에 기대와 체념이 오락가락하며 긴장감이 최고조에 이르렀다. 짧은 시간에 후회없이 쏟아부은 것을 알기에 돈독한 동료의식이 생긴 우리를 격려하고 치하하는 자리였다. 지정되면 다음 단계를 향해 박차를 가해야 했고, 지정되지 않으면 부족했던 점을 보완하기 위해 시간이 주어지는 기회라고 여겼다. 나는 어떤 결과가 나오든 계속 추진단에 있기 어려울 것이라고 생각했다. 도시 전체를 아우르는 문화도시 사업에 참여하기에 내 역량은 부족했다. 군산에 대해 모르는 것이 너무 많았다. 오랫동안 지역에 대해 고민한 사람이 더 합류해야 한다고 생각했다.

내가 문화도시에 바라는 것은 목소리가 들리는 것, 그 하나였다. 추진단의 일원이 아니고, 추진위원이 아니어도, 시의원이나 시 공무원을 몰라도, 내 목소리가 도시 단위에 전달되는 시스템이 갖춰지는 것이었다. 군산이 아닌 다른 지자체에서라도 시민의 목소리가 잘 들리는 시스템이 구축되기를 바랐다. 민원을 제기하거나 아이디어를 제안하는 단순 발화의 창구가 아니라 상호 간의 목소리가 들리는 대화의 자리가 구축되기를 바랐다. 이야기를 나누는 자리가 안정적으로 생기기를 바랐다. 함께 살아가는 도시가 어떤 모습인지, 어떻게 살아가고 싶은지, 어떤 방향이 좋을지, 서로가 생각하는 나와 다른 삶의 방식과 태도와 관점을 이야기하고 싶었다. 찻집이나 술집에서 나누는 사담이 아니라 모르는 사람과 함께 모두가 듣고 답할 수 있는 공담의 자리를 바랐다.

2021년, 첫 지정 실패를 딛고 다시 움직일 때, 주변의 시민을 설득하는 일은 어려웠다. 비슷한 성격의 사업은 예전에도 있었고, 열렬히 사업에 참여했어도 근본적인 변화, '문화'가 달라지는 일은 없다며 고개부터 저어 거절하는 사람들이 많았다. 그러나 '좌절을 경험한 사람들이 다시 모여보자'라는 말에 못이기는 척 마음을 열어주었다. TF팀은 소수가 아닌 다수로 확장하여 '문화도시사업추진단'이라는 민간협의체를 만들었다. 관망하던 사람들이 추진단으로 이름을 올렸고, 서운한 점과 잘못하는 점을 지적하기 위해서라도 회의에 참석했다. 함께했던 그 모든 분께 존경과 감사를, 그리고 사과의 말씀을 드린다. 뾰족하고 조급한 마음으로 누군가를 할퀴고,

둔하고 어리숙한 머리로 누군가를 밀쳐내며 상처입혔을 것이다. 시민으로서 역량이 부족하다는 반성을 했다. 내가 살고 있는 도시에 대해서 알고 싶은 관심도 갖지 않았고, 알아야 할 필요도 갖지 않았었다. 지역 정치가 엉망이라고 입방아를 찧지만 정작 지역구 시의원이 누구인지, 그들이 구체적으로 어떤 일을 하는지 알지 않았다. 시청 공무원은 게으르게 편하고 익숙한 일만 하던대로 한다고 뒷말하면서도, 실제로 그들이 어떤 일을 하느라 바쁜지, 어떤 일을 하기를 원하는지 대화를 청하거나 묻지 않았고 무엇을 하는지 알지 않았다.

'문화 향유'라는 것을 예술 공연 관람의 기회가 많고 문화적 공간이 많은 서울에서나 할 수 있다는 것은 착각이었다. 문화 향유는 근사하게 '있어 보이는' 시간 때우기 행위가 아니다. 예술을 접하고 내 삶을 돌아보고, 내 현재의 상태에 의문을 제기하는 자극을 받는 것이 예술 향유이다. 내가 사는 곳과 내가 사는 삶이 어떤 의미와 어떤 행위로 연결되었는지 성찰하는 것이 문화 향유이다. 문화는 내 삶이 놓인 터전 특유의 색깔과 형태의 고유한 특색이 만들어낸다. 내가 사는 곳이 문화도시이기를 바란다면 정책과 예산을 따질 것이 아니라 내 삶의 모습을 먼저 살펴야 한다. 내가 내 삶의 주인이 되어야 내가 사는 도시에서 주인이 될 수 있다. 내 입에서 나오는 목소리는 진짜 나의 목소리여야 한다. 다른 사람의 주장을 내 목소리로 따라 읊조리는 것은 내 것이 아니었다. 내 목소리를 가지고 있어야 비로소 다른 사람의 진짜 목소리를 들을 준비가 되었다. 실패라고 하던 군산 문화도시 사업은 나에게 발견이고 전환이었다. 뿌리 없이, 목소리 없이 살아가는 내 모습을 만나게 했다.

군산 미군기지 동문 입구

3장 희미하게 보인다

1. 전쟁 말고 평화_ 격납고에서

주변을 바라보는 눈이 달라졌다. 문화와 예술 행사 외에는 거들떠보지 않던 웹자보에도 눈길이 가기 시작했다. 익숙하던 곳에만 가던 걸음이 낯선 곳으로 향하기 시작했다. 군산 문화도시 사업을 추진하며 연극 대사처럼 반복해 중얼거렸던 '27개 읍면동' 중에서 제대로 아는 곳이 하나도 없음을 깨달았다. 그렇게 마주친 웹자보 하나가 있었다. 노랑 바탕에 필요한 정보만 담았는데도 검정 글자가 빼곡했던 〈군산미군기지평화답사〉였다. '시월, 격납고에서 팽나무까지'라는 알 수 없는 문구가 붙은 답사에 왜 마음이 끌렸는지 모르겠다. 당시 수년 간 열정을 바쳐왔던 즉흥극 작업을 중단했던 허탈함 때문이었는지, 문화도시 사업에서 점점 배제되고 있다는 허망함 때문이었는지. 걷기 좋은 10월에 나들이를 겸해 군산의 새로운 곳을 구경하는 마음으로 가볍게 신청서를 작성했다.

답사는 미군기지 동문에서 시작했다. 군산에 미군기지가 있다는 것을 '알기는' 했지만 그 역시 모르는 일이었다. 해방 후 미군이 들어왔고 원도심에 주둔한 미군을 상대하여 돈을 벌 수 있는 일이 많았다고 했다. 공설시장 인근에는 미군기지에서 나온 물건을 팔았던 '양키시장'의 간판이 그대로 남아 있다. 미군으로 인해 문제가 잦아지자 70년대에 시 외곽에 미군의 유흥을 위한 '아메리카타운'이 세워진다. 군산에서 나고 자란 사람들은 미군을 직접 상대하는 일에 종사하지 않았어도 생활권에 미군이 존재한다는 것을 인식하고 있었다. 한국전쟁 후 풍족한 물자를 가진 '해방군'이 가까이 있어 신기하고 새로운 물건을 가까이 접하는 것은 일종의 특권이었다. 미군기지 내에서 일하는 사람들은 대우도 좋고 봉급도 높아 부러움을 받았다고 한다. 지금도 군산 번화가의 레스토랑이나 맥주집 등에 외국인이 자주 눈에 뜨이지만, 나는 한 번도 그들을 미군 기지에서 복무하는 미군일 수도 있다고 연결짓지 못했다. 그만큼 미군은 나의 생활 밖에 있었다. 한국에 미군이 주둔하고 있다는 사실 역시 일반 상식의 범주로 분류한 정보였을 뿐, 현실과 일상의 실체로는 내게 존재하지 않았다.

군산에는 미군이 있고, 미군의 기지가 있다. '주한 미공군 제8전투비행단 공군기지'에는 정문이 있고 동문이 있다. 미군기지 동문 앞에서 만나자는 말에 긴장되어 어깨가 움츠러들었다. 멀찍이 차를 대고 슬금슬금 다가섰는데 안내를 맡은 구중서 씨는 태연했다. 우리는 기지 앞 주차장에 차를 두어도 되고 기지 옆의 길을 걸어도 되었다. 금지된 일이 아니었다. 괜찮은 일에 괜찮아지고 어깨의 긴장이 풀리는 데 한참이 걸렸다. 나는 무엇을 무서워한 것일까.

푸르른 가을 햇살에 노랗게 익은 벼가 풍성했다. 농촌의 공기를 한껏 들이마시며 걷기 좋은 날이었다. 수확을 준비하는 농부의 마음은 그렇지 않을 것이라고 구중서 씨가 말했다. 미군기지 철조망 옆의 논밭은 농부의 것이 아니라 국방부의 땅이라고 했다. 국방부가 농사를 지었다니, 왜? 어떻게? 국방부가 지은 농사가 아니었다. 그곳은 미군에 공여할 수 있도록 결정되었기에, 수십 년 동안 그 땅에서 농사를 지어왔던 농부들은 얼마간의 보상금을 받고 제 땅을 내주어야 했다. 제 땅이었던 땅을 다시 국방부에게 빌려 농사를 짓고 있으니 하루 아침에 자작농에서 소작농이 된 셈이다. 그들은 3년마다 계약을 갱신해야 했지만 늘 농사짓던 땅에 습관처럼 나가 농사를 짓는다. 미군기지 철조망 바로 옆의 땅뙈기는 계약맺는 곳이 아니니, 원칙적으로 불법 경작일 터였다. 그러나 좁건 넓건 땅을 놀리지 않고 무엇인가를 심어야 하는 농심의 바지런함은 그런 법의 테두리를 간단히 뛰어넘는다. 미군기지 철조망 안으로 낡은 철조망이 한 겹 더 세워진 것이 보인다. 몇 년 사이에 미군기지가 확장된 증거다. 철조망과 철조망 사이의 땅 역시 누군가가 오랫동안 농사지었으나 이제는 아무런 알곡을 맺지 못한 채 법과 국경의 표시 역할을 할 뿐이다. 예전에 농로였다는 땅은 콘크리트가 발린 도로가 되었다. 우리는 미군기지 철조망을 따라 천천히 걸어갔다.

철조망 너머에 비닐하우스 형태로 구축된 갈색 콘크리트 구조물 여러 개가 줄지어 있었다. 비행기들의 집과 같은 기능을 하는 격납고였다. 물론 여객용 비행기가 아니라 전투기를 위한 것이었다. 늘어선 격납고 일부는 더 크고 단단해지도록 공사를 하고 있었다. 그렇게 모든 격납고가 신형으로 전환하고 있다고 했다. 그저 대기하는 역할만 하던 구형과 달리 신형 격납고에서는 별도로 이동할 필요 없이 그 자리에서 장비를 점검하고, 주유를 하고, 무기를 장착할 수 있는 원스텝 처리가 가능한 시설이라고 한다. 신형 격납고 한 동을 건설하는데 대략 70억 원 정도 드는데 그 50%를 한국 정부가 지원한다고 했다. 그렇게 신형으로 전환해야 하는 격납고가 20동 있었다. 물론 매년 미군에 내는 방위비 분담금과 별도의 지원이었다. 2019년부터 방위비 분담금은 1조 원을 넘기며 점점 인상되어 2025년에는 1조 5천억 원에 이른다. 도대체 0을 몇 개나 늘어세운 금액인가? 가늠이 안 된다.

설명이 이어질수록 어질어질했다. 납득가지 않는 상황이 태연하게 벌어지고 있는데 나는 아무것도 몰랐다. 궁금하지도 않았다. 미군이 서울의 용산기지를 반환했다는 소식에 잘되었다고 박수치고 용산공원이 문화적으로 조성된다는 활용계획에 관심을 두었을 뿐이다. 그동안 용산을 지나가면서 서울 도심 한복판에서 철조망이 처진 긴 담벼락을 목격해야 한다는 불편만 있을 뿐이었다. 국방력 전 세계 5위의 대한민국에 아직도 미군이 주둔하고 있을 필요가 있는지, 이제는 전시작전권을 회수해야 하지 않느냐는 일반 상식이 화제에 올랐을 때만 반짝하고 주한 미군에 관한 관심은 금방 사라졌다. 용산을 떠난 미군이 오히려 평택으로, 오산으로 이전하여 전체 면적을 확장하고 있을 것이라고 상상하지 못했다. 내가 살고 있는 군산에서도 그런 일이 일어나는 것을 알지 못했다.

미군이 일으킨 '사건들'이 사람들의 공분을 자아낸 적이 여러 차례 있었다. 1992년 윤금이씨 살해사건, 1997년 미군 이태원 살인 사건, 2002년 여중생 효순이 미선이 압사 사건에 즉각적으로 분노했다. 미군 기지의 수많은 기름 유출, 중금속 오염 뉴스에 불안해했다. 그러나 잠시뿐이었다. 봉준호 감독의 영화 〈괴물〉처럼 미군이 끔찍한 재난의 원흉이 되어도 한국 정부는 아무것도 하지 못했다. 군산에서도 기름 유출, 소음 피해 등의 문제가 심각하다. 남북한 관계는 부드러워졌다가 다시 경색되기를 반복해도 정전협정을 논의할 만큼 긴장이 완화되었는데, 도리어 미군 기지는 점점 커지고 있었다. 이는 미군의 대한민국 주둔 이유가 대한민국 수호가 아닌 미국의 인도태평양 지역 군사 전략에 있음이 명확하다는 단적인 증거였다. 하지만 나는 미군의 '만행'에만 분노했지 정작 미군의 존재 자체가 가지는 부조리와 폭력성에 대해서는 아무것도 모르고 있었다. 사건이 발생했을 때는 분노했지만 그것이 가라앉으면 곧 무심해지곤 했다.

알고 보니 군산은 최전방이었다. 최근에 미군은 '하늘의 암살자'라는 MQ-9 무인기로 구성된 미 공군 431원정 정찰대대가 군산 공군기지에 창설했음을 밝혔고 군산은 미군의 대중국 전략 요충지로서 그 중요성이 커지고 있다고 발표했다.5) 전투기 이름이나 무기 이름을 몰라도 상황은 알겠다. 내가 사는 지역에 군비가 강화되고 한반도 주변 국가 간 긴장 관계가 고조되면, 다른 지역에서 전쟁이 일어났듯이 이곳도 언제든 공격대상이나 전투 지역이 될 수 있다는 뜻이었

---

5) 「美 '하늘의 암살자' MQ-9 무인기, 군산 기지에 배치됐다」 : 조선일보(2025.9.29.) 기사

다. 꿈에서 깨어난 것처럼 날카롭게 찌르는 현실 인식에 소름이 돋았다. 게다가 2022년 당시 대한민국의 대통령은 공군의 날 기념식에서 "부대 열중 쉬어"도 하지 못했던 인물이지 않은가. 큰아이와 작은 아이 모두 2-3년 내에 입대하게 될 텐데 그런 대통령이 군 통수권자로 있는 군대의 군인으로 보내고 싶지 않았다. 실제 그는 황당하게도 비상계엄을 선포하기까지 했다. 심지어 합헌적 상황의 계엄이 되도록 북한의 도발을 유도했었다. 그런 사람을 대통령으로 선출한 것은 우리였으니, 또 그와 비슷한 사람이 군 통수권자로 선출되어 불안한 정세로 방향을 틀 가능성은 언제나 있는 것이었다.

부모님 세대가 겪었던 전쟁에 대한 두려움과 불안이 마치 내가 겪은 경험처럼 생생하게 일어났다. 그들의 투철하고 처절하여 과도했던 반공 열기를 이해할 수 있었다. 그것은 평화적 수단으로 진정한 평화를 완수하는 길은 아니었지만, 다시 전쟁이 일어나지 않기 위한 몸부림으로 작용했던 것이다. 내 아들들이 군인으로서 명령을 수행하기 위해 전장에 놓일 수 있다는 사실이 끔찍하게 두려웠다. 한국전쟁, 베트남전쟁을 역사 교과서의 옛일이며 이미 지나간 페이지라고만 생각했던 어리석음이 태평하고 우둔했던 머리를 내리쳤다. 세계의 경찰이라는 명분을 앞세워 세계 곳곳에서 전쟁을 일으키는 미국이 우리나라에서도 전쟁을 유발하는 것 역시 충분히 가능한 일이었다. 21세기에도 끝없이 일어나는 전쟁들, 이라크, 우크라이나-러시아, 그리고 이스라엘의 팔레스타인 공격까지 지금도 세계는 불안한 상태다. 세계의 깡패 노릇을 즐기는 것 같은 다른 나라가 내 나라의 전시작전권을 쥐고 있는 상황이 몹시 두려웠다. 내 나라가 내 국토에서 주인 노릇을 제대로 하고 있지 못하니, 내가 내 삶과 내 삶터에 주인으로 뿌리내리지 못했던 것은 나만의 문제가 아닐 수 있었다.

유튜브로 실시간 목격할 수 있는 전쟁 상황은 불꽃놀이처럼 화려한 '스펙터클(spectacle 볼거리)'로 보였으나 그 볼거리가 휩쓸고 간 자리에 주검과 피가 임리한 것이 현실이었다. 그러한 전쟁이 먼 나라에서나 일어나는 것이 아니었다. 내 땅, 내 동네에서도 언제든지 일어날 수 있는 것이 현실의 전쟁이었다. 군비확장이 무기 산업을 키우는지, 무기 산업이 군비를 확장하고 전투의 자리를 늘리고 있는지 모를 일이다. 전쟁의 위험이 무엇이든간에 내가 내 동네에서 안전하고 평온하게 살고자 하는 바람은 미국에 사는 사람이나 다른 나라에서 사는 사람들도 똑같이 갖고 있지 않을까? 지금을 살아가는 세상 사람들의 공통된 염원이 아니겠는가? 각국의 정부는 말로는 전쟁보다 평화를 지향한다고 하고, 어쩔 수 없는 우리의 전쟁은 저들의 전쟁을 끝내기 위한 평화적 전쟁이라고 하겠지만, 그 말을 믿기 어렵다. 전쟁에 대한 내 두려움도 당장 눈앞에서 위급한 일이 일어나지 않으면 금세 사라진다. 그러니 나는 말로라도 더 크게 외쳐야 하겠다. 나는 전쟁 말고 평화를 바란다! 라고. 한국을 위해 한국 땅의 사용료를 꼬박꼬박 챙겨가며 주둔하고 있는 미군의 기지 철조망이 내 앞에 있었다. 노란 웹자보를 따라 걸었던 푸르른 가을의 어느 날, 군산의 불안 요소를 보았다. 뻥 뚫린 구멍은 크고 어두웠다. 내 삶의 터전이 위험하다. 나의 평온을 지키기 위해 뭐라도 해야 했다.

2. 공항 말고 갯벌_ 수라에서

〈군산미군기지평화답사〉를 다녀온 지 일주일 후, 〈수라갯벌 들기〉 웹자보를 보고 참여를 신청했다. 역시 날 좋은 가을의 산책을 기대하는 가벼운 마음이었다. 우리는 군산공항 앞에서 집결하여 남수라 마을 길로 걸어 들어갔다. 골목길 끝 몇 채의 집 뒤로 벌판이 보였다. '출입 금지 – 새만금 사업'이라고 적힌 딱지가 붙어 있는 줄이 벌판 앞에 가로질러 있었다. 가볍게 줄을 훌쩍 건너 벌판으로 발을 딛었다. 바닥이 하얀 길에 제 내키는 대로 풀들이 자라고 있었다. 콘크리트 길만큼 단단한 바닥을 따라 나갔다. 하얀 바닥 길은 수천 년에 걸쳐 모래펄이 다져진 만들어진 것이라고 한다. 새만금 방조제가 생기기 전에는 트랙터를 타고 몇 킬로를 뻗어나갈 수 있었던 모래갯벌은 풍요로운 조개 밭이었다고 했다. 조금 걸으니 군산공항, 즉 미군기지 철조망 뒤쪽으로 누렇고 붉은 빛깔의 평면이 시원하게 펼쳐졌다. 이것은 지평선인가 수평선인가. 멀리 산업단지의 공단이 있어도 눈에 들어오지 않을 정도로 시야가 드넓게 트였다. 사가락사가락 비벼대는 소리가 퍼지는 누런 갈댓잎 사이로 꽃처럼 붉은 염생식물 풀알갱

이들이 바닥에 넓게 흐드러져 피어있다. 신비로운 풍경이었
다.

앞장서 안내하던 김지은 전북 녹색연합 사무국장은 때로 말
을 잇지 못하고 멈춰 심호흡을 내뱉었다. 그는 벅찬 기운을
추스르고 우리를 향해 활짝 웃으며 "정말 아름답지요?"하고
물었다. 대열 뒤에서 따라오던 오동필 새만금시민생태조사단
단장도 마찬가지였다. 갯벌의 생태를 설명하던 그 역시 때때
로 멈춰 낮은 탄성을 질렀다. "정말 아름답지 않아요?" 입
밖으로 내지 못했지만, 솔직히 내 대답은 이러했다. "어…
글쎄요. 저는 잘 모르겠는데요." 어디서도 보지 못했던 신기
하고 예쁜 곳이라서 둘러보며 감탄하기는 했지만 아름답다는
형용사로 다가오지는 않았다. 아름다운 것은 그들이 뱉어내
는 조용한 탄성이었다. 갯벌에는 언제 가려고 도착하기도 전
에 멈춰서 벌써 탄성을 지르고 있는 걸까. 사소한 것에도 감
탄하는 순수한 사람들이라고 생각했었다.

군산으로 이사 왔을 때, 내가 군산에 대해 알고 있는 것은
새만금뿐이었다. 우리는 기네스북에 오른 세계 최장의 방조

제를 구경하러 갔다. 33.9킬로미터의 방조제를 건너면 빠르게 부안으로 갈 수 있구나 싶었다. 그렇게 부안까지 왔으니 무얼 하나? 부안의 명소 내소사에 들려야지. 작지만 예쁜 사찰을 둘러봐야지. 그렇게 생각했고 그렇게 둘러봤고 그렇게 그냥 돌아왔다. 방조제는 직선으로 쭉 뻗은 심심한 길이었다. 방위 감각 없이 방조제 위를 달리면 어느 쪽이 바다이고 어느 쪽이 새만금호인지 구분할 수 없을 정도로 양옆으로 너른 물이 드넓게 넘실거리고 있었다. 방조제를 달려 부안을 쉽게 오가면서 생각했다. 새만금 사업은 당연히, 이미, 한참 전에 완료되었을 것이라고. 시사에 밝지 않은 내가 알고 있을 만큼 오래전부터 입에 올랐으니 그런 줄 알았다. 그렇지 않았다. 1991년에 시작한 새만금 사업은 아직 전체 계획의 1/3도 마무리하지 못한 상태였다. 그러나 비행기에서도 보일 만큼 대규모의 방조제를 건설한 결과, 모든 것이 달라졌다. 바다로 흐르던 만경강과 동진강의 물길을 막으니 강물은 길을 잃었고, 조개와 물고기는 목숨을 잃었으며, 어민은 일터와 삶터를 잃어버렸다. 갯벌이 사라지고 사람이 사라지고 생명이 사라졌다. 그렇게 폭력적인 새만금 사업이 수십 년째 진행되고 있지만, 아직 살아남은 갯벌이 있었다. 새만금시민

생태조사단은 남수라 마을 옆에 있는 만경강 수역의 마지막 원형지 갯벌에 '수라(繡羅: 비단에 수를 놓음)'라는 이름을 붙여 주었다.

땅도 아니고 물도 아닌 곳이 있다. 딱 떨어지게 구분하는 것을 좋아하는 현대인은 애매모호함이 싫어서 시간과 비용을 들여 그곳을 땅으로 만들었다. 물 들어오는 길을 막고 물 바닥을 파내어 물에 잠긴 땅 위를 덮으니 얼추 땅의 모양새를 갖춘다. 넓은 땅을 만들어서 쌀농사를 실컷 짓는다면 얼마나 좋겠는가. 땅이 많으면 싸움도 없고, 배곯을 일도 없겠지. 백기완 선생의 소설 『버선발 이야기』의 주인공 버선발이 딱 그런 생각을 했다. 그는 초능력을 이용해 하루아침에 바다를 땅으로 만들었고, 돈을 내거나 할 필요없이 원하는 사람은 누구든 깃발을 꽂아 제 땅으로 삼으라고 했다. 그러나 그는 미처 몰랐다. 어리고 약한 사람은 바다만큼 넓은 땅에서도 힘세고 걸음 빠르고 욕심 많은 사람에 밀려 한 뙈기의 땅도 가질 수 없다는 사실을. 그리고 그는 미처 몰랐다. 바다를 없앤 것은 바다의 목숨을 죽인 것과 다름없다는 사실을. 사갈 같은 자신의 죄를 깨달은 버선발은 사람 없는 곳에서 숨어 지내며 자신의 어리석음을 한탄한다.

언제쯤 갯벌에 도착하나 하며 답사 팀이 걷고 있던 바로 그곳이 수라갯벌이고, 새만금이라고 했다. 새만금은 우리나라의 최대 곡창지대인 만경평야와 김제평야를 합쳐 새로이 만든 땅이라는 뜻이었다. 그 크기는 서울의 삼분의 이에 이를 만큼 넓어서 새만금에 도착하고도 새만금이 어디에 있느냐고 물을 정도였다. 그런 새만금에 있다는 수라갯벌은 뻘도 없고 진흙도 없어 어떻게 갯벌이라고 부르는지 의아했다. 현재 수라갯벌은 방조제 안에 갇혀서 바다에 직접 닿아있지 않다. 바닷물이 막히니 갯벌은 염습지 상태로 변하고 있었다. 방조제 관문으로 조금씩 들어오고 있는 해수가 가까스로 염분을 공급하고 있었다. 그러나 관문이 열리고 상시적으로 바닷물이 유통되면 수년 안에 옛 갯벌의 모습으로 돌아갈 수 있다. 이미 매립되어 아무리 해수가 들어와도 수천 년 후에나 옛 모습을 찾을 수 있는 옛 갯벌과는 달랐다. 그래서 염습지의 모습이어도 수라갯벌을 갯벌이라 부르는 것이다. 발에 밟히는대로 쑥쑥 건질 만큼 조개가 깔려 있던 갯벌에 지금은 죽은 조개 껍질만 잡히고 있다. 답사팀은 공항으로 돌아와 차를 타고 새만금개발청이 있는 남북로의 서쪽으로 이동했다.

그곳에서 수라갯벌이 물과 닿는 물끝선으로 갈 수 있다. 이곳에서 무릎 높이의 장화는 필수다. 관문을 여는 정도에 따라, 그리고 비가 내린 정도에 따라 수라갯벌의 물끝선은 달라진다. 잘박잘박한 갯벌에는 해홍나물, 퉁퉁마디 같은 염생식물이 자라고 있다.

갯벌로 찾아오는 새를 관찰하기 위해 커다란 필드 스코프를 가볍게 챙겨 다니는 오동필 단장의 뒤를 부지런히 좇는다. 저 새는 무엇이고, 저 새는 무엇이라지만 이름도 낯설고, 구별도 안가고, 어두운 눈이라 잘 보이지도 않았다. 바로 그때, 문외한도 알아볼 수 있는 커다란 새가 나타났다. 황새였다. 멸종위기 야생동물 1급이며 천연기념물인 황새는 정말 컸다. 갓난아이를 물고 온다는 서양의 이야기가 납득될 만큼 황새는 컸다. 황새가 비행을 멈추고 가로등에 올라 한 다리로 선 채 긴 부리를 기울인다. 마치 인간의 인사를 받아주겠다는 고갯짓 같아서 경외감에 휩싸인 내 고개가 저절로 숙여진다. 방조제에 막혀서 바닷물이 밀려들고 썰려가고 있지 않지만, 수라는 분명 갯벌이었다.

그렇게 가까스로 생존한 수라갯벌이 지금 사라질 위기에 놓였다. '공항 오지인 전라북도에 항공길 여는 것이 도민의 오랜 숙원이다' 라면서 전라북도는 수라갯벌을 매립하고 그 자리에 새만금신공항을 짓겠다고 결정한 것이다. 심지어 새만금신공항은 사업이 타당한지 어떤지를 살피는 '예비타당성조사'를 면제받기까지 했다. 문재인 정부가 국가의 균형적 발전을 위해, 전라북도가 꼭 필요하다고 요청하는 사업을 무조건 해주겠다고 약속해 버렸기 때문이다. 깜짝 놀랐다. 수라갯벌의 존재를 이제 알았는데, 그 갯벌이 조만간 매립되어 공항이 될 것이라니, 기가 막혔다. 나는 전라북도의 도민도 아니고 군산의 시민도 아니었던가. 아무것도 몰랐다. 왜 이런 결정에 이르렀는지는 더 알 수가 없었다. 나는 군산공항 이용해서 제주도를 쉽게 다녀왔는데 어째서 전북을 공항 오지라고 부르는 것일까? 그 공항을 두고 왜 새로운 공항이 필요한 것인가? 해외 가는데 인천까지 가기 불편해서 그런가? 그렇다면 인천 공항가는 공항버스를 늘리면 될 일 아닌가? 해외를 자주 가는 사람들이 그렇게 많은가? 유은실 작가의 스테디셀러 『순례주택』의 주인공 순례씨는 탄소 배출량이 엄청난 비행기를 타지 않겠다고 결심한 사람이다. 청소년과 어린이 책에서도 미래 세대의 삶의 지속가능성을 위해서는 비행기와 공항을 줄여야 한다는 것은 상식으로 자리 잡고 있었다. 게다가 공항을 만들기 위해서 모두가 힘 모아 보존해야 할 갯벌을 매립한다니 더욱 납득이 되질 않는다. 심지어 신공항 부지가 다른 곳도 아니라 군산공항 바로 옆이라면 그것은 영락없이 우리 세금으로 군산공항인 미군기지를 넓혀 주는 꼴이 아닌가?

비현실적인 답사였다. 죽다 살아난 갯벌의 이야기에 감탄할 겨를 없이 곧 죽을 지경에 놓였다는 작금의 상황을 들으니 얼이 빠졌다. 쏟아지는 새로운 정보를 따라가질 못해 화를 낼 틈도 없었다. 몇 달 뒤 개봉한 황윤 감독의 다큐멘터리 영화 〈수라〉가 바로 수라갯벌에 대한 기록이자 새만금시민 생태조사단의 이야기다. 2006년 방조제의 마지막 물막이 공사가 완료되자 새만금 사업을 처절하고 끈질기게 반대하던 많은 환경단체 사람들이 절망하고 떠나갔다. 그러나 새만금 시민생태조사단은 그대로 남았다. 정기적으로 만나 새만금과 인근의 생태조사 활동을 계속했고, 그 기록을 남겼다. 누군가는 반드시 해야 할 일이라고 믿었던 것이다. 10월 답사에서 대열 뒤에 멀리 떨어진 사람이 하나 있었다. 그가 가까이 올 때까지 기다려야 하지 않느냐고 오동필 단장에게 물었다. 그는 흘낏 돌아보더니 저 사람은 혼자서 올 수 있다고 했다. 그가 황윤 감독이었다. 그는 커다란 카메라를 메고 수라갯벌의 복판을 홀로 걷고 있었다. 수라갯벌이 아름다워 탄성을 참지 못하는 사람들이 있다. '아름다운 것을 본 죄'로 수십 년을 외로이 걷는 사람들이 있다. 모르던 것을 이제 알게 되었으나 아직도 모르는 것은 더 많겠다. 호기심에라도 그들의 걸음 뒤를 좇아봐야겠다.

3. 하제마을에 들어서니

〈군산미군기지평화답사〉는 '격납고에서 팽나무까지' 이어졌다. 미군기지 철조망 안에 줄 지어선 격납고들 다음으로 늘어선 탄약고가 보였다. 녹색 잔디로 덮여있어서 커다란 무덤처럼 생긴 것으로 이글루형 탄약고라고 부른다. 말 그대로 무기를 보관하는 곳이다. 각 탄약고 앞에 붙은 주황색, 흰색 혹은 노란색 표식에는 숫자가 적혀 있는데, 그 색깔과 숫자는 현재 보관하고 있는 무기의 종류를 알려주는 일종의 암호라고 할 수 있다. 5000 파운드(약 2268kg)짜리 포탄이 있다는 말도 있고, 생화학 무기, 즉 열화우라늄탄이나 백린탄이 보관되어 있을 가능성이 있다고도 했다.[6]

우리는 철조망 사이로 푸르딩딩한 알포탄을 보았다. 탄약고 안에 오래 보관해 습기가 차는 것을 막기 위해 종종 햇볕에 말린다고 했다. 건조대에 널린 시래기청이나 생선처럼 알포탄이 태연하게 일광욕을 하고 있었다. 포탄은 탄두와 몸체 그리고 추진체가 결합해야 하는데 관리 소홀로 떨어뜨리는 일도 발생한다. 한번은 실수로 포탄을 떨어뜨린 순간 미군은 그 자리에서 다 도망갔지만, 인근 주민에게는 한 시간 후에나 대피하라고 알렸다고 한다.

탄약고는 철조망 가까이 있었고 철조망은 하제마을로 이어졌다. 하제마을은 노랑조개가 워낙 많이 잡혀서, 누구든지 호

---

6) 『2022 군산미군기지평화답사』, 군산평화박물관, 「시월, 격납고에서 팽나무까지」 현장해설 중에서

미 하나만 들고 와도 먹고 살 수 있었다 할 정도로 작지만 풍족한 마을이었다. 그러나 내가 본 하제마을은 사람 사는 마을의 모습이 아니었다. 간간이 생활 쓰레기가 풀더미 속에 처박혀 있을 뿐 생활의 흔적을 전혀 찾을 수 없었다. 콘크리트 도로가 깔려 있지만 그 주변은 나무와 풀로 무성했다. 큰 창고가 딸려 있는 마을의 유일한 집 한 채가 이곳이 마을이었다는 증거로 남은 것이 오히려 생뚱맞아 보였다.

새만금 방조제가 건설되면서 노랑조개도 자취를 감췄다. 노랑조개 수출이 끊겨 살림이 어려워졌지만 살던 마을을 떠날 이유는 없었다. 하제마을 사람들은 강제로 쫓겨난 것이었다. 미군은 하제마을과 미군기지의 경계인 철조망에 바짝 붙여 탄약고를 설치했고 그 위험성을 지적하자 탄약고를 옮기는 대신 '안전거리 확보'를 이유로 마을을 비우고 마을 땅을 공여지로 만들 것을 국방부에 요구했다. 그렇게 2003년부터 시작된 강제 이주의 과정은 거칠었다. 주민들이 빨리 마을을 떠나도록 집이 비워지는 즉시 그 집을 부숴버렸다. 검은 비닐을 씌워 흉흉해 보이게 했다. 마음을 바꿔 다시 돌아오기라도 할까 봐 서둘러 집 부수기를 반복했다. 점점 황폐해지는 마을에서 사람들은 살 마음을 잃었다. 떠날 수 밖에 없었다. 마을 입구에 있던 집은 떠나지 않고 보상금 문제로 국토부에 소송을 걸어 버티고 있었다. 그러나 포구에 있던 다른한 집과 마찬가지로 2024년 최종심 패소가 결정되었고 현재는 다른 집들이 그랬듯이 흔적도 없이 사라지고 말았다.

집들이 사라지자 풀과 나무들만 남았다. 그중에서 단연 돋보인 것이 팽나무였다. 팽나무는 오래전부터 사람들과 집들에섞여 살았다. 너무 가까이 살아서 동네 아이들은 스스럼없이나무에 올라가 나뭇가지 끝의 새집도 들여다보고 팽 열매로새총도 만들어 놀았다. 아주 오래전에는 팽나무 앞에 음식을올리고 때마다 인사드렸다는 사실도 잊을 정도로 나무에 밭게 집이 들어서며 마을이 번성했다. 고려가 망하고 조선이세워지고, 일제가 망하고 미군이 오는 것을 모두 보고 있던600년 팽나무의 존재는 주변의 집들이 허물어지고서야 드러났다. 시민들은 나무에 대한 기록을 찾고 모으기 시작했다.너무 늦지 않았나 조급했다. 미군이 마을 사람을 죄다 내쫓고 집을 죄다 부숴버렸으니 당장이라도 팽나무를 철조망 안으로 들이거나 베어버리지 않을까 두려웠다. 미군이 점령하고 있는 철조망 너머의 우리 땅은 대한민국 군산이 아니었다. 철조망 너머의 주소지는 미국 캘리포니아였다.

하제마을은 조선 시대에 인구와 호수를 기록한 『호구총수』(1789)를 비롯해 여러 지형도에서 이름을 확인할 수 있는 오래된 마을이었다.[7] 북에서 남으로 사다리처럼 놓인 상제, 중제, 하제 마을은 무의인도라는 섬이었다. 섬은 일제강점기 간척사업으로 뭍이 되었다. 일제는 상제와 중제 마을에 비행장을 건설하고 카미가제 특공대 훈련소로 활용한다. 지금의 미군기지와 군산공항이 바로 그곳이다. 바다가 육지로 변하고 마을이 공항으로 변하는 일은 100년 전에도 이곳에서 똑같이 있었다.

군산은 섬이 많은 지역이다. 선유도를 중심으로 많은 섬이 모여 있는 '고군산군도'는 아름답기로 이름난 관광지다. 1880년대까지만 해도 군산 지역의 섬은 무인도와 유인도를 포함해 71개였으나 지금은 63개만 남아 있다. 섬이 사라지는 이유는 섬과 섬 사이, 섬과 뭍 사이를 메워 뭍으로 만들

---

7) 『600년 팽나무를 통해 본 하제마을 이야기』 양광희

었기 때문이다. 지금도 주민들이 '이완용 둑'으로 부르는 지점이 있다. 당시 농상공부대신이었던 이완용이 조세 확충을 위해 만경강 하구에 수십 킬로미터의 둑을 쌓아 바닷물이 넘어오지 못하게 막아놓고, 그곳에 이주민을 들여 소작농으로 만들었다. 더 많은 세금과 곡식을 얻고자 하는 하늘같이 높으신 나으리께서는 일본이 하는 것을 따라서 조간대에 눈독을 들였던 것이다. 썰물에 바다가 되고 밀물에 뭍이 되는 쓸모없는 조간대를 메워서 쓸모를 생산하는 땅으로 만들고자 했을 것이다. 군산의 간척은 1920-1923년 일본의 불이흥업 주식회사로 본격화된다. 무의인도를 포함한 3개의 섬이 사라진 땅은 불이농촌과 불이농장이 되어 많은 소작인을 부린다. 현재 새만금개발청이 있는 곳은 1978년 군산지방산업단지와 1988년 군산국가산단 사업의 간척으로 사라진 오식도, 내초도 등 다섯 개의 섬이 있던 자리다. 산업용 트럭이 유난히 많이 달리는 넓고 평평한 도로 아래에 바닷물이, 강물이 흐르고 있었다는 사실을 상상하기 힘들다.

'사다리 제梯' 자를 쓰는 상제, 중제, 하제마을처럼 남북으로 이어진 해안가는 아름다운 모래벌판에 소나무와 해당화가 펼쳐진 명사십리였다. 하제마을 출신의 어느 할머니는 손끝으로 떨어지는 반짝이는 모래알의 아름다움에 감탄했던 자신의 어린 시절을 회고하며 사라진 것을 그리워했다. 당시 조선인에게는 낯설었던 '해수욕'이라는 것이 일본인 사이에 인기라는 것을 눈치챈 어느 돈 많고 약삭빠른 자가 재빨리 그 땅을 구매했다. 그러나 그는 돈벌이에 실패한다. 그곳은 평평하게 매립되어 비행장이 되었기 때문이다.[8] 일제가 만든 비포장 활주로 옆에 미군은 남북 방향의 새로운 활주로를 만든다. 현재 하루 3번 제주-군산 비행기가 뜨는 군산공항이 그것이다. 무의인도, 지금의 군산시 옥서면은 군에 의해 땅을 빼앗기고 마을이 사라지고 삶터를 잃는 일을 반복해 겪고 있다. 제국주의의 횡포는 815해방으로 끝나지 않았다. 다른 나라의 땅을 제 것으로 삼는 제국주의와 식민주의는 21세기에도 작동하고 있다. 그것을 모르는지, 알고도 모른 척 하는 것인지 군산 원도심에서는 일본 제국주의의 산물인 적산가옥을 '근

---

8) 『600년 팽나무를 통해 본 하제마을 이야기』, 양광희
  조선일보 1924년 8월 기사, '탈의장이 설치된 선연리 해수욕장의 개장
  소식' 조선일보 1925년 8월 기사, '전라북도 내 육군비행장 설치 후보
  지로 제시되었던 군산 부근의 불이간석지, 전주 덕진지, 김제군 진봉
  면 중에서 군산의 불이간석지로 최종 결정'

대문화'라는 관광사업으로 만들었다. 근대와 역사를 상품화하는 막강한 자본 중심의 세상을 살고 있다. 이대로 현실을 직시하는 눈을 가리고 있어야 할까. 뭐라도 해야 한다. 일단은 한 달에 한 번, 팽나무에서 만나는 것으로 팽나무를 지키는 팽팽문화제에 참석하기로 마음먹었다.

4. 팽팽에 부는 바람

고작 한 달에 한 번 시간 내는 것은 어렵지 않았지만, 팽나무 아래에서 벌이는 문화제를 마음에 품기까지 몇 달의 시간이 걸렸다. 처음 팽팽문화제에 참석했던 것은 그해 1월이었다. 미군기지답사 전이었으니 미군기지, 하제마을, 새만금, 수라갯벌, 아무것도 아는 것이 없었다.

벌써 까마득해 보이는 그때는 코로나19가 여전히 위세를 떨치던 2022년 1월, 제14회 팽팽문화제였다. 집도 건물도 아무것도 없는, 어깨를 움츠러들게 하는 미군기지 철조망 바로 옆에 세워진 어설픈 비닐하우스 앞에 차를 멈췄다. '하제기 억관' 문패가 붙은 비닐하우스 안에는 먼지 덮인 깃발과 과격해 보이기도 하고 재미있어 보이기도 하는 피켓들이 평범한 가정집에 있을법한 사진액자와 살림 그릇들, 아이들이 쓰던 스케치북 같은 잡동사니와 섞여 있었다. 이름대로 하제마을의 흔적을 모아 둔 곳임을 나중에야 알았다. 강형철 시인이 빈 마을을 안내해주었다. 미군기지, 탄약고, 안전거리, 확장, 철거, 보호수, 지킴이, 등 낯선 단어들이 쏟아졌다. 문화제의 흥을 돋우는 꽹과리 소리와 노래방 반주 소리에 섞여 어지러웠다. 열띤 설명에 고개를 끄덕였으나 절반도 알아듣지 못했다. 마른 풀숲에 떨어진 흰 고무신 한 짝은 수백 년 전 사라진 전설 속 마을의 흔적 같았고, 접근과 촬영을 금하는 영문 경고문이 붙은 철조망은 어느 먼 나라에 와있는 듯 현실감을 갖기 어려웠다.

그날의 문화제에서 나는 스물 남짓한 참석자들 앞에 서서 어색하고 뻣뻣하게 마이크를 잡고 인사를 했다. 나를 뭐라고 소개를 한들 신경이나 쓸까, 또 만나게 될 인연이 한 명이라도 있을까. 마스크로 가린 얼굴 사이로 긴장감이 튀어나오지 않게 애썼다. 압도된 것은 팽나무의 위용이었다. 잎사귀를 떨궈 벗은 몸이었지만 메마르지도, 늙지도, 춥지도 않은 모습이었다. 나무는 나를 한 번 훑어보고 가지 끝을 끄덕하는 인사로 내 몇십 년의 엉성하고 좀스러운 생을 단번에 가늠했다. 초라하고 부끄러운 마음이 들어 큰 나무 어른 앞에 엎드려 인사를 올리고 무언가를 기도하고 싶었다. 요란 법석한 노래방 기계 소리와 주책없이 시끄러운 사람들이 있어서 아무것도 하지 못했다. 나무와 나의 고요한 만남을 방해하는 그들을 향해 눈을 흘기고 경계심을 높였다. 도대체 이 사람들은 누구인가. 왜 추운 날 바람 한 점 막을 수 없는 휑한 들판에 모여 떠들고 있는가. 혹시 신문에 오르내리던 '전문 시위꾼'이 아닐까.

팽팽문화제는 2020년 가을, '군산미군기지우리땅찾기시민모임'과 '평화바람'이 시작했다. 600년 팽나무가 미군기지로 포함되거나 베이는 것을 막고 무사히 우리 땅을 되찾기를, 우리 땅이 평화롭기를 기원한다. 1월에는 떡국 먹고 노래하고, 2월에는 정월대보름 팥죽 먹고. 봄에는 농사짓고 나물 뜯고, 여름에는 바다를 떠올리고 감자를 쪄먹고, 오디를 따

먹는다. 가을에는 송편 먹고 추수하고 겨울에는 김장하고 눈 놀이한다. 팽나무가 뿌리 내린 땅이 미국 캘리포니아가 되지 않도록 기원하고, 팽나무가 뿌리 내린 땅에서 앞으로도 몇백 년 더 장수하여 우리에게 늠름한 기상을 불어넣어 달라고 기원하는 평화놀음이다.

‘군산미군기지우리땅찾기시민모임’은 1997년 주한미군이 군산 민항기의 활주로 사용료를 인상한다는 뉴스로 시작된 모임이다. 군산–서울, 혹은 군산–제주를 오가던 그 공항을 사용하기 위해 미군에게 사용료를 낸다는 사실을 처음 알게 된 문정현 신부님은 깜짝 놀랐다. 미군이 우리 땅을 빌려 쓰고 있는 것이 아니라 우리가 미군 땅을 빌려 쓰고 있어 사용료를 내고 있었다고? 게다가 그 사용료를 더 내라고? 말도 안 된다고 항의하며 만든 ‘군산미군기지우리땅찾기시민모임’과 문정현 신부님의 외침을 가로막은 것은 SOFA 협정이었다. 당시 대한민국 국민 대부분은 한–미 SOFA 협정(주둔군지위협정)이 있다는 사실조차 알지 못했다. 신부님은 주한 미군에게 무소불위의 권한을 부여하는 불평등한 협정의 개정 촉구를 위해 군산에서 서울로, 상경 투쟁을 시작한다.

2001년 9·11 테러 사건으로 미국은 아프가니스탄을 침공하고, 2002년 주한 미군 장갑차에 여중생이 압사당하는 참사가 일어난다. 2003년 미국이 이라크를 침공하고 그들을 돕는 한국군 파병이 결정된다. 모두 같은 맥락에 놓여 있는 일이었다. 신부님과 동료들은 가만히 앉아 있을 수만은 없어 길을 떠나기로 한다. 그때를 평화바람의 완두(오두희)는 이렇게 회상했다.

"작당한 지 두 달 만에 '꽃마차'를 앞세우고 돈키호테처럼 취지는 거창했지만 어설픈 유랑을 시작했다. 그러니 오죽했겠는가! 우왕좌왕, 좌충우돌. 그렇지만 의기투합만은 확실해 그 어떤 난관도 헤치며 전국을 누비고 다녔다."[9]

그들은 전쟁을 반대하고 평화를 염원하는 메시지를 들고 직접 사람을 만나러 나섰다. 손수레에 '파병반대 평화유랑단'과 '이라크에 총 대신 꽃을!'이라는 문장을 써 붙이고 길거리로 나섰다. 광화문 열린시민광장(미국 대사관 옆)에서 출범식을 하고 신촌으로, 홍대 앞으로 나섰다. 2003년 11월이

---

9) 『불어라 평화바람』, 문정현과 평화바람, 검둥소

었다. '평화바람'은 전국 유랑을 시작으로 매향리 폭격장 폐쇄 운동, 평택 대추리 미군기지 확장 반대운동, 제주 강정마을 해군기지 반대운동에 이르게 된다. 쫓겨나지 않으려는 대추리 주민들이 마음에 쓰여 그대로 주저앉아 1년을 살았다. 제주 강정마을에서 구럼비 바위가 깨부서지는 것을 막으려고, 해군기지 건설을 막으려고 반대하면서 10년을 살았다. 유랑 끝에 돌아와 보니 군산의 하제마을은 미군에 쫓겨나 텅 비어 있었다. 덩그러니 남은 팽나무가 신부님에게 엄하게 말씀하더란다. 어디 갔다가 이제 왔느냐고. 평화를 지키겠다며 길 위에서 생을 보냈건만 제 마을 하나 지키지 못했다는 사실에 가슴이 찢기듯 먹먹했으리라. 신부님은 그 자리에서 팽팽문화제를 제안했고, 지금까지 그 약속을 지켜오고 있다.

미군기지 확장을 반대하라! 자본주의를 반대하라! 기후 재난 시대에 생명과 평화를 보존하라! 이렇게 외치는 사람을 길에서 마주치면, 나는 어떻게 했던가. 잠시 멈추고 무슨 말을 하는지 들어봤을까? 효순이 미선이의 비극에 화를 내고, 구럼비 바위의 위기에 안타까워하고, 성주 사드 배치에 흥분하고 누군가 요청하는 서명지에 이름을 적었지만, 언제나 그때

뿐. 매번 잊어 버렸다. 나와 상관없는, 먼 곳의 문제였다. 내 일이 아니었다. '전문 시위꾼'이 여러 동네를 찾아다니며 들쑤시고 분란을 만든다는 언론 보도에 고개를 주억거렸다. 다른 동네 사람이 그 동네 문제에 끼어들 일이 아니라고 생각했다. 내가 삶터에 뿌리내리지 못했으니 동네와 동네가 뿌리로 연결되어 있음을 알지 못했다. '전문 시위꾼'은 마땅히 전문 시위꾼이 될 수 밖에 없었다. 내 동네 문제로 시위에 참여했다면 다른 동네 시위에도 참여하는 것은 당연했다. 내 동네 문제가 내 문제이니 이웃 동네 문제도 마땅히 내 문제였던 까닭이다.

"우리는 1월 한 달 동안 여정을 멈췄다. 여러 사람의 도움을 받아 사람들에게 '말 걸기'를 배우고 있다. 스스로 자유롭게 만드는 자만이 남을 해방할 수 있다고 했던가. 그래서 우린 지금 자유로운 인간이 되려고 몸부림을 치고 있다. 점차 뻣뻣한 몸과 어색하던 몸동작이 부드러워지고 마음은 '예민함'으로 생기를 얻고 있다."10)

---

10) 『불어라 평화바람』

평화바람은 함께 유랑하면서, 먹고 자고 싸는 일상을 공유하면서 다투기도 하고 헤어지기도 하며 함께하는 생활을 익혀 갔다. 자유와 해방, 그리고 평화는 그들의 문화였다. 나는 그들처럼 자유롭지 못했다. 팽나무의 첫 대면을 노래방 기계로 즐거워하는 사람들이 방해했다고 생각했다. 하고 싶은 기도를 하지 못한 이유는 그들 탓이 아니라 내가 자유롭지 못했기 때문이다. 팽나무 앞에서도, 서울의 도심 한복판에서도, 낯선 이국의 시골에서도 나는 자유롭지 않았다. 멀리 있을 무엇인가를 좇던 눈이 이제야 땅을 보았다. 허공에 떠 있던 발이 천천히 땅에 닿았다. 두 발을 딛은 땅이 안전해야 안심하고 뿌리를 내릴 수 있겠다. 생존을 위해 선 땅이 안전하고 건강해야 한다. 일제에게 쫓겨나고 미군에게 쫓겨나는 우리 땅을 우리 땅이라 할 수 없었다. 스스로 불러온 물질의 욕망으로 지어 올린 콘크리트로 덮였으니 숨쉬기를 멈출 수밖에 없는 땅을 땅이라 할 수 없었다. 내가 선 자리에 온전히 서려면 뭐라도 해야 했다.

유랑의 시절, 길 위의 신부 문정현에게 행인이 평화가 무엇이냐고 물었다.

"평화가 무엇이냐고 답하기 전에 내가 먼저 묻겠소.
공장에서 일하다 해고된 사람이 원하는 것이 무엇이겠소?"
"그야 물론 복직이지요."
"그럼 평생 농사만 짓고 사는 사람이 미군 때문에 땅을 빼앗
긴다면, 이들이 절실히 원하는 것은 무엇이겠소?"
"두말하면 잔소리요. 바로 땅을 지키는 것이지요."
"그럼 이주 노동자들이 원하는 것은 무엇이오?"
"그건 아마 강제 추방당하지 않고 안정되게 일하는 것이겠지
요."
"개발 때문에 자연이 파괴될 때, 그 안에 사는 생물들이 원하
는 것은 무엇이오?"
"물론 생명이지요. 이제 그만 물어봐요. 내가 '평화가 무엇이
냐'고 물었지, 이런 시시한 농담이나 주고받자고 한 것은 아니
오."11)

'내가 원하는 것이 무엇이다'라고 말하는 것이 행인에게는
시시한 농담으로 들렸다. 두말할 것 없이 당연한 것을 말하
기에 농담으로 들었고, 세상은 원하는 대로 되지 않을 것이

---

11) 『불어라 평화바람』

라고 생각하니 농담으로 들었다. 당연한 것이 당연해지는 것이 평화라고 신부님은 말한다. 내가 나의 삶에 손님이 아닌 주인이 되는 것, 내가 바라는 것이 허황된 농담이 아니라 진짜 가능하다고 믿으며 바라는 것, 그것이 평화이다. 이 땅의 문제 역시 평화의 문제였음을, 나의 문제와 별개가 아니었음을 또, 이제야 알았다.

수백 년 동안 한 자리에서 인간사, 세상사를 지켜본 팽나무는 내 속을 꿰뚫어 보고도 말을 아낀다. 내가 들이쉴 숨을 내어 주고, 내가 뱉은 숨을 마시면서, 기적 같은 호흡의 목숨을 잘 이어가라고, 귀하게 여기라고 가지 끝으로 끄덕 끄덕하며 일러준다. 연약하나 끈질긴 생명이니 잘 견디고, 두루 웃자며 또 오라고 팽나무가 가지 끝을 까딱 까딱하며 나를 부른다.

무지개독서회 2021년 상반기 도서

4장 두근두근 꿈틀거린다

1. 하고 싶은 일

팽팽문화제 '전문 시위꾼'에게 경계를 풀어낸 것은 〈미군기
지평화답사〉에 이어 〈수라갯벌 들기〉를 다녀온 그해 늦가을
이었다. 뭐라도 하려던 참에 11월 팽팽문화제를 한다는 재미
난 웹자보가 올라왔다. 〈한반도에 긴장 대신 김장을〉. 재치
있는 문구에 긴장을 풀고 김장하러 가기로 했다.

공지된 시간에 맞춰 왔건만, 김장은 벌써 끝나 있었다. 일손
이 필요한 곳이라면 언제든 어디든 출동하는 군산의 세노야
봉사단이 일찌감치 찾아와 능숙하게 일을 끝내놓았다. 뒷정
리만 도왔는데도 갓 삶은 수육과 맛깔나게 버무린 김치 한

상에 초대받았다. '길 위의 신부' 문정현 신부님이 수육과 김치에 새우젓과 깨를 듬뿍 찍어 드셨다. 긴 흰 수염에 깨가 묻어도 거리낌 없이 맛나게 드시는 모습에 침이 고였다. 나도 체면 차리지 않고 맛나게 먹었다.

봉사단이 떠나고 남은 사람들이 상을 치우고 새로운 판을 펼쳤다. '새 모자 만들기' 작업이다. 새모자는 평화바람의 새로운 프로젝트였다. 초등학교 미술 시간에 했던 종이탈 만들기처럼 준비된 새모양의 종이틀에 거즈를 붙이고 다시 신문지를 붙이기를 반복했다. 열 명도 안 되는 사람들이 옹기종기 앉아 고난이도의 단순작업에 몰두하여 두런두런 실없는 소리를 나눴다. 목청껏 구호를 외치고, 각 잡힌 팔동작으로 주먹을 움켜쥐고 민중가요를 뜨겁게 부르는 이미지의 '전문 시위꾼들'의 속내가 소박하고 곰살맞았다. 긴장은 완전히 녹아내렸다. 따스한 가을 햇살이 평화로웠다. 다시 보고 싶은 사람들이었다. 그렇게 마음을 열고 팽팽문화제에 나오기로 했다. 그때부터 '세 번째 일요일이 지난 토요일 오후'가 되면 꼬박꼬박 팽나무를 찾아와 얼굴로 출석 도장을 찍고 있다.

팽팽문화제는 입장료도 없고 참가 신청도 없다. 시간 맞춰 팽나무 아래에 오기만 하면 된다. '신입 환영' 같은 순서도 따로 없으니 알아서 즐겨야 한다. 매달 즉흥적으로 기획되는 프로그램에 따라 박수를 치며 흥에 겨워 춤을 추거나, 조용히 팽나무 주위를 돌아보거나, 후원계좌에 돈을 보내거나, 자기 편한 대로 있으면 된다. 자유롭지 못했던 나는 어찌할 줄 몰랐다. 나를 제외한 모두가 편안해 보였고, 편안한 그들끼리만 아는 세상에 끼어든 이방인 같았다. 그 가을이 되어서야 알았다. 새로운 사람은 항상 있었고, 모두가 서로를 알지 못했고, 세상 누구나 그렇듯이 아는 얼굴을 보면 반가워했었구나. 그들은 각자의 방식대로 팽나무를 만나며 팽팽문화제에 참여하고 있었다.

경계를 늦추는 데 시간이 걸렸듯이, 긴장을 풀어내는 시간이 필요했다. 나는 뭐라도 하고 싶어 했고, 일이 주어지기를 기다렸다. 사계절의 팽팽문화제를 보내고 나서야 내가 하고 싶은 일, 내가 할 수 있는 일을 내가 찾아서 하면 된다는 단순한 사실을 깨쳤다. 나는 읽기모임을 시작했다. 마음이 천천히 익어가는 사람에게는 익숙해지는데 시간이 필요하다. 나

같은 사람이 분명히 또 있을 터였다. 아는 사람이 없어도 누군가와 자연스럽게 몇 마디 말을 주고받고 싶은 사람이 있을 터였다. 현장에서 나눠 받은 읽을거리를 소리 내어 읽고 소감을 나누기로 했다. 한 시간 전에 만나기 때문에 팽팽60분이라고 이름을 붙인 읽기모임에는 누구든 참여할 수 있다. 팽팽문화제 시작 전부터 시간 내기는 어려운 일이라 인기가 높지는 않아도 꾸준히 이어가고 있다.

책모임은 나의 일이었다. 누가 시키지도 않았고, 어디서 급여를 받는 것도 아니지만, 내가 하고 싶어서 내가 할 수 있는 일이었다. 이것이 취미가 아닌 나의 진정한 일이라는 사실을 책모임을 제법 오래 하고 나서야 깨달았다. 군산으로 이사온 집 가까이에 도서관이 있었다. 나는 도서관 책모임에 바로 가입했고 지금까지 화요일마다 꼬박꼬박 출석하고 있다. 나는 무지개독서회 13년 차 회원이다.

책모임은 언제나 즐거웠다. 같은 책을 읽고 다른 소감을 나누는 경험은 풍성한 만족감을 제공한다. 같은 문장에 밑줄 그은 사람을 만나면 반갑고, 내가 소홀히 넘어간 문장을 고른 사람에게서는 새로운 식견을 얻었다. 모임 목록에 들어있지 않았다면 펼쳐보지도 않았을 책을 읽게 되어 고맙고, 나만 알던 좋은 책을 소개할 수 있어 기뻤다. 우리는 책을 매개로 자신의 이야기를 꺼내게 된다. 저자와 등장인물의 행동을 이해하거나 이해할 수 없는 이유는 모두 자신의 경험에서 나왔다. 우리는 이해하지 못했던 감정과 판단을 책모임에서 풀어냈다. 나와 다른 사람이 함께하기를 원했다. 나이, 직업, 성별, 학력, 취향 등 다를수록 이해의 기회는 늘었지만 다를수록 이해하기 어려웠다.

책모임은 매우 어려웠다. 매달 한두 권의 책을 읽는 것도 부담스러웠고, 매번 내 생각을 정리하는 것은 골치 아팠다. 매번 도서관에 있는 책을 읽기는 선택의 한계가 있었고, 매번 책을 구입하기에는 비용과 공간의 한계가 있었다. 우리는 몇 가지 규칙을 만들었다. 읽지 않고도 참석할 수 있기, 읽은 사람과 읽지 않은 사람 모두 책에 대해 별점과 별점평을 주기. 많은 책을 꼼꼼하게 읽기보다 책을 매개로 세상의 이야기를 하는 것을 선택했다. 생각을 조리있게 풀어내고 나와 다른 생각을 진지하게 담아내기는 쉽지 않았다. 때로 뜻이 맞지 않는 사람과 부딪히기도 하고, 감정이 맞지 않아 마음을 할퀴기도 했다. 떠나는 사람이 있었고 들어오는 사람이 있었다. 문턱을 낮춰 누구든, 언제든 오가도록 했다. 열다섯 명이 토론하는 날도 있고 두 명이 토론하는 날도 있었다.

무지개독서회는 때로 육아와 교육에만 몰두하기도 했고, 집안 대소사의 스트레스를 풀어놓기도 했다. 책읽기에 집중하지 못하는 시기가 길어지면 경각심이 일어나 두툼하고 어려워 보이는 책에 도전하기도 했다. 책을 읽는 방식과 책을 선정하는 방식을 수년에 걸쳐 실험하며 자라나고 있다. 몇 년 전 일이다. 2011년 후쿠시마 핵발전소 사고 이후, 원자력 발전소 혹은 탈핵 문제에 대해 읽어보자는 제안이 몇 번이나 있었지만 통과되지 않았다. 나 역시 핵발전소에 대해 아는 것이 없었지만, 굳이 알고 싶지 않았다. 알게 되면 에어컨을 쓰지 않거나 세탁기와 건조기 사용을 포기하는 등 행동이 달라져야 할 것 같은데, 달라질 자신이 없었다. 알고도 실천하지 않아 양심을 괴롭히기 싫었다. 핵발전소에 대해 모르는 채로 남아 속 편하게 에어컨을 켤 수 있고 싶었다. 핵발전소가 깨끗하고 경제적이라는 말만 믿고 싶었다. 그러나 2016

년 경주 지진이 일어났다. 한반도에서 드물게 일어난 강진으로 핵발전소가 파괴될 지도 모른다는 공포가 밀려왔다. 마침 개봉한 영화 〈판도라〉(감독 박정우)가 강진으로 원자력 발전소가 폭발한 재난의 상황을 실감나게 보여주었다. 눈앞에 닥친 일이었다. 더는 모르는 척 할 수 없었다.

핵과 원전, 탈핵 문제에 대한 거부감을 줄이기 위해 어린이 책과 그림책으로 시작했다. 『핵 폭발 뒤 최후의 아이들』(구드룬 파우제방), 『바람이 불 때에』(레이먼드 브릭스)는 1970-80년대 냉전시대에 팽배했던 핵전쟁에 대한 경고와 공포를 담고 있었다. 그림책 『히로시마』(나스 마사모토)와 『춘희는 아기란다』(변기자)는 1945년 히로시마에 떨어진 핵무기의 참혹한 결과를 보여주었다. 『체르노빌의 목소리』(스베틀라나 알렉시예비치)를 통해 1986년 체르노빌 원전사고를 겪은 사람들의 이야기를 들었다. 관련 그래픽 노블을 참고 삼아 시각적 이해를 도움받았다.[12] 사고가 일어난 그 땅

---

12) 『체르노빌 -금지구역』(프란치스코 산체스 글, 나타차 부스토스 그림, 현암사)
『체르노빌의 봄』(엠마누엘 르파주 글그림, 길찾기)

은 먼 나라에 있었지만, 누군가의 고향이고 삶터였다. 우리의 고향에 이런 일이 없으리라는 확신을 어떻게 할 수 있을까. 『탈핵학교』(김종철 등 공저)는 본격적으로 핵의 원리와 핵발전소 작동 방식을 공부하는 책이었다. 핵에너지는 무섭고 비자연적이었다. 게다가 핵폐기물 처리방법이 없으니 경제적이지도 않고 음식으로 들어오는 방사능은 전혀 깨끗하지도 않았다. 나 한 사람이 에어컨을 아껴쓸 일이 아니었다. 핵발전소를 당장 없애고 전기값을 올려야 했다.

마지막으로 『후쿠시마 이후의 삶』(한홍구, 서경식, 다카하시 데쓰야)을 읽었다. 한국인 역사학자, 재일조선인 예술평론가, 그리고 일본인 철학자의 좌담은 후쿠시마 원자력 발전소 문제에서 시작하여 민주주의, 한국과 일본 동아시아의 현대사, 안보와 미군기지, 그리고 평화의 문제로 이어진다. 핵발전소가 국가의 논리에 의해 조정, 관리되면서 시민들은 모든 피해를 감당하면서도 아무런 목소리를 듣지도 못하고 제 목소리를 내지도 못한다. 핵발전소 문제는 곧 민주주의의 문제이며 생명과 연대의 문제로 확장될 수밖에 없다. 좌담은 후쿠시마에서 시작하여 원폭피해자 2세들이 많이 살고 있다는 경남 합천, 동아시아의 현대사가 집적된 도쿄, 4.3사건의 아픔을 품고 있는 제주도의 강정, 또한 미군기지가 있는 오키나와로 이어진다. 그 외에도 상주의 사드, 용산, 세월호, 등등 기억을 공유하고 연대해야 할 지역과 사건들이 많았다. 2017년, 나는 무지개독서회에서 이 책을 읽고 아래와 같은 후기를 남겨 놓았다.

"한홍구님의 표현대로 '우리의 슬픔은 딱 국경 안에 머물러' 있었다. 내가 살고 있는 지역, 내가 살고 있는 나라의 문제가 아니라면 관심이 없다. 아니다, 당장 나한테 닥친 문제가 아닌 이상 알고 싶어 하지도 않았다. 그러나 반핵, 반전, 등의 사회운동은 결국 모두가 평화롭게 함께 잘 살자는 시민 한 사람 한 사람을 위한 것이다. 이 책에서는 자본이 언급되지 않았지만 결국 모든 것은 돈의 문제일지도 모른다. 지금 우리는 알아야 한다. 무엇을 모르고 있었는지 알아야 하고, 말해야 하고, 행동해야 한다. 각자의 자리에서 할 수 있는 만큼의 마음과 시간을 내어놓는 것으로 시작해본다."

돌아보면 나는 군산의 원도심과 군산 문화도시 사업, 그리고 하제마을 팽나무와 수라갯벌을 만나기 전에도 평화롭게 함께 살기 위한 시민의 역할을 고민했었다. 신영복 선생이 말했듯이 머리에서 가슴으로, 가슴에서 발로 가는 것이 세상에서 가장 먼 길이었다. 땅에 발을 딛지 않고서는, 현장을 만나지 않고서는 알 수가 없었다. 책상에 앉은 채 행동하는 것에는 한계가 있었다.

2. 읽는 행동

나의 '행동'은 책모임이었다. 책모임은 훌륭한 학습공동체이고 토론을 통해 민주적 관계와 역할 찾기의 역량을 키울 수 있는 특성이 있지만, 탁상공론에 그치기 쉽다. 앞서 탈핵읽기를 거부했던 나처럼 사회 현실을 대면하기를 피하고 고매한 말씀에 심취하거나 감정 위로에만 몰두할 수 있다. 물론 자기 성찰과 공감의 독서도 필요하다. 책모임마다 특성이 다를 터이니 책모임 간의 네트워킹을 통해 자극과 보완이 되는 관계를 맺을 수 있으리라 기대했다. 무지개독서회가 군산의 다른 책모임과 교류하는 군산북클럽네트워크를 제안하게 된 배경이다.

문화도시 사업 추진 과정에서 나의 '소속 단체'는 무지개독서회였다. '자발적인 문화적 주민공동체로서 지역 사회에 대한 관심과 활동을 증대하고 있다'고 소개했다. 실제로 3년 연속 선정된 책읽는사회문화재단의 독서동아리지원사업은 무지개의 적극적인 활동을 이끌어냈다. 처음에는 책값으로 활용할 수 있는 소규모 지원금을 얻을 수 있어 지원사업이라는 것에 만족했고, 책읽기가 아닌 영화 감상이라는 일탈을 감행하는 기회도 가졌다. 마지막 3년째에서는 채만식을 통해 군산이라는 지역 읽기를 시도하기로 했다. 채만식은 군산 출신의 대표적인 작가였지만 3·1운동 100주년을 기념하는 2019년 이후 친일작가라는 비난이 거세져서 군산시는 채만식문학상 운영을 중단하는 등 지역에서도 외면받고 있었다. 우리는 직접 알아보고자 했다. 그의 친일 행위가 무엇이었는지, 그의 작품은 얼마나 친일적인지, 알아보고 스스로 판단하기로 했다.

'채만식 프로젝트'의 시작은 우연하고 가벼웠다. 여름에 읽을 책으로 채만식의 『탁류』를 선정한 배경부터 그러했다. 읽기가 느슨해지는 더운 날이니 부담 없이 동네 사람이라면 한 번쯤 읽었을 법한 책을 건성건성 읽으려 했다. 처음 읽는 사람이나, 다시 읽는 사람 모두를 위해 '천천히 읽기' 방식을 선택했다. 매일 조금씩 읽고, 해당 분량에서 인상적인 문장을 공유하며 한 달에 걸쳐 완독하는 읽기 방법이다. 어렵거나 지루한 책을 읽을 때 유용하지만, 『탁류』처럼 흥미진진한 소설을 읽을 때는 답답하여 곤혹스럽다. 뒷이야기가 궁금해서 더 읽고 싶어도 지정 분량 이상을 읽지 않는 게 규칙이기 때문이다. 1937-39년 조선일보 연재소설로 발표되었던 『탁류』의 최초 독자들처럼 '다음 회에 계속'에서 뚝! 멈춰야 했다.

『탁류』와 『태평천하』 토론에서 채만식이 살려낸 군산의 입말을 따라해 보며 즐거워했고, 두말할 것 없는 풍자문학의 대가라며 감탄했다. 동시에 무지개독서회의 둥지인 시립도서관 문화교실이라는 자리를 벗어나서 채만식문학관을 방문하고 탁류의 배경 장소를 연결한 탁류길을 걸었다. 채만식의 방대한 작품 세계는 회원들이 취향대로 나눠 읽고 소개하는 방식을 선택했다. 마침 지난해 군산 에디션으로 『탁류』[13]을 출판한 군산의 동네 책방 마리서사의 임현주 대표를 초대하여 제작 과정을 들었다. 표지 디자인과 군산 지도 등 군산의 시민들과 함께 만들어냈다는 설명을 들으면서 내가 직접 참여한 것처럼 은근한 뿌듯함이 생겨났다. 프로젝트의 마지막으로 군산대학교 국어국문학과 류보선 교수에게 채만식 강연을 요청했다. 가난과 질병으로 평생을 힘들게 살았던 채만식은 자신의 이권과 안녕을 위해 유리한 길을 선택한 악랄한 친일주의자가 아니었다. 1943년 암울했던 조선 땅에서 친일의 색깔 없이 글을 발표하기는 거의 불가능했다. 그런 상황을 미루어 짐작하면 당시 독립운동가들의 위대함이 더욱 빛난다. 그러나 우리는 독립운동가를 발굴하고 높이 세우는 데 열심이지 않았고, 독재 정부에 밀착해 권세를 누리는 친일파를 준엄하게 비판하는 데에 게을렀다. 채만식은 자신의 친일 행위를 공개적으로 반성한 거의 유일한 작가인데 그것을 고

---

13) 마리서사(군산시 월명동 소재)는 2020년 출판문화산업진흥원의 지원을 받아 『탁류』를 출간했다. 지역 작가의 지역색이 담긴 지역 출판을 위해 '종이의시간' 출판사를 등록해 만든 첫 번째 '군산 에디션' 책이다.

려하지 않고 친일 작가로만 낙인찍는 것은 지나치게 가혹하다.

채만식은 기자 활동과 번역 업무를 통해 세상에 대한 정보를 빨리 얻을 수 있었고 날카롭게 상황을 판단했다. 『탁류』에도 당대의 지식과 문물에 해박한 인물이 등장한다. 채만식은 조선의 현 상황을 세계사적 흐름에서 파악했다. 『탁류』의 배경이 되는 군산은 이렇게 묘사된다.

"이렇게 에두르고 휘돌아 멀리 흘러온 (금강)물이 마침내 황해 바다에다가 깨어진 꿈이고 무엇이고 탁류째 얼러 좌르르 쏟아져 버리면서 강은 다하고, 강이 다하는 남쪽 언덕으로 대처 하나가 올라 앉았다. 이것이 군산이라는 항구요, 이야기는 예서부터 실마리가 풀린다."

군산은 1899년 대한제국 정부에 의해 개항되며 인구가 급증한다. 특히 일본인의 이주가 큰 폭으로 늘어나고, 1905년 을사늑약으로 그동안 금지했던 외국인의 토지 매입이 합법화되면서 제국주의와 자본주의는 거의 동시에 치들어온다. 그렇게 땅 잃고 꿈 잃은 사람들이 좌르르 군산으로 쏟아지듯 모여든다. 주인공 정주사 역시 충남 서천에서 건너온 몰락한 양반이다. 할 줄 아는 것은 글줄이나 읽는 것밖에 없던 정주사의 보잘것없는 가산은 점점 줄어든다. 한 밑천 잡아보려고 미두장에 뛰어들었으나 그가 얻은 것은 모욕밖에 없었다. 이미 군산은 신분도 배경도 존중하지 않는, 예의와 인정은 사라지고 오로지 돈으로 사람을 판단하는 자본의 세상, 근대의 세상이었다. 조선의 자본주의는 일제 식민 통치에서 노골적인 돈의 작동을 본격화했고 해방 후에도 사람을 존중하지 않고 극단적인 개발과 성장을 목표로 삼으며 장악력을 키워갔다. 그리고 사람들은 스스로 자본의 노예가 되어갔다. 채만식의 『탁류』는 초봉이의 삶이 변화하는 과정을 통해 자본에 잠식되어 가는 우리의 모습을 날카로운 풍자로 그려낸다.

무지개독서회의 채만식 프로젝트는 지역 출신 작가에 대한 재조명에 그치지 않고 군산이라는 지역의 특성을 함께 읽는 계기가 되었다. 친일인명사전에 이름이 올랐으니 채만식의 작품을 읽지도 말아야 한다는 일부의 주장은 우리의 역사와 우리의 현실을 외면하겠다는 것과 다르지 않은 극단적인 발언이었다. 채만식이라는 작가는 '근대 문화'로 관광객을 부르고 있는 군산의 도시 특성을 깊이 있게 읽어낼 수 있는 상징적인 존재였다. '근대'는 자본이 지역과 사람을 잠식하는 형태와 주체가 달라졌을 뿐, 세계 2차대전으로 끝났다고 생각했던 제국주의적 식민 지배가 지금도 이어지고 있음을 알려주고 있다.

우리끼리의 만남에 만족해왔던 무지개독서회는 채만식 프로젝트를 통해 우리가 배운 것을 군산의 시민과 공유하고 싶었다. 다음 해, 군산 문화도시 예비사업으로 진행된 동네문화 카페 활동에 참여한다. 월명동에서 낭독회를 개최하여 주변을 둘러보는 관광객이 좋은 문장을 흘려서라도 들을 수 있도록 야외 공간에 자리를 마련했다. 낭독회 공간 앞에는 채만식과 지역 작가의 작품을 소개해 두었고, 채만식에 대한 설문조사를 진행하였다. 회원들은 무지개 목록 중에서 가장 인상 깊은 구절을 발췌해 낭독했다. 특별 코너로 채만식의 『태평천하』를 각색한 짧은 낭독극을 선보였다. 지역의 문화공동체를 지원하는 적절한 문화기획은 자발적인 성장을 독려한다. 무지개독서회의 활동은 우리가 살고 있는 지역에 대한 각자의 관심과 책임을 고조시켰다. 나의 경우, 군산북클럽네트워크를 구체화하는 계기가 되었다. 무지개독서회 외의 다른 책모임에도 참여하고 싶었다. 완독을 필수로 하는 책모임, 공부보다 친목을 다지는 책모임도 좋았다. 다섯 개 모임으로 시작한 군산북클럽네트워크는 현재 열네 개 모임이 함께 하고 있다. 지난해에는 작은 책자를 제작했고, 올해는 전시회를 열어 책모임의 활동을 소개했다. 책모임의 교류는 논의 과정이 많이 필요한 특징만큼 더디게 진행되고 있지만 조바심내지 않고 천천히 만남을 쌓아가고 있다.

3. 현대의 근대

군산은 대도시 서울과 달랐다. 문화공간과 예술무대의 공급이 넘치는 대도시에서는 문화 소비자로 활약하느라 바빴지만, 중소도시 군산에서는 내가 직접 문화와 예술의 생산자가 될 기회와 필요가 열려 있었다. 이주한 지 얼마 되지 않았을 때 정치인을 쉽게 만날 수 있는 것을 목격하고 깜짝 놀랐던 기억이 있다. 서울에 있을 때는 정치인이나 유명인을 가까이에서 볼 기회를 상상조차 하지 않았다. 우연히 마주치는 것이 아니라면 비싼 돈을 주고 행사 티켓을 사고 앞자리에 앉아야 육성을 들을 수 있었으리라. 이곳에서는 몇 사람만 거치면 되었다. '이웃'의 '선배'의 '친구'로 금세 닿을 수 있을 만큼 가까이 지내는 작은 지역에서는 이권으로 똘똘 모이는 집단을 발생시킬 수도 있지만, 시민이 주체가 되는 진짜 민주주의를 구현하는 토대가 될 수도 있다. 예술의 영역도 비슷하여 나는 즉흥극 작업을 통해 예술 생산자로 나서기도 했다. 문화도시 사업에서 수차례 언급했던 '주민 주체'는 익명의 대도시에서 발현되기 어렵다. 익명의 존재는 군중의 일부로 함몰되어 자신의 목소리를 망각한다. 행정과 언론으로 집결된 목소리를 곧 나의 목소리로 착각하기 쉬웠다.

서울에서 나고 자란 나의 삶이 그러했다. 서울은 풍요로운 문화의 산실이지만 내가 존재하지 않았다. 나는 고향이 없었으며 딛고 있는 땅이 없었다. 강남에서 살든 강북에서 살든 크게 다르지 않았다. 서울보다 외국의 다른 도시를 꿈꿨다. 외국어 문학을 선호했고, 가까운 동양의 언어보다 멀리 있는 서양 언어권을 동경했다. '세계문학'으로 소개되는 서양 문학에 감탄했고 한국문학은 읽지도 않은 채 낮춰보았다. 군산에 이르러서야 살고 있는 지역에 흥미가 생겨났다. 군산이었기 때문일까, 그럴만한 때가 되었기 때문일까. 다른 지역에 살았어도, 그곳 문화와 예술 활동에 호기심을 가졌어도, 문화도시 사업을 통해 거버넌스의 중요성을 익히지 않았다면 나의 삶과 지역의 관계를 긴밀하게 여기지 못했을 것이다. '주민 주체성'은 그 땅에 사는 사람(주민住民)이 자신의 몸을 주된 것(주체主體)으로 인식하는 과정으로 세워진다. 주민은 그 땅의 특성을 알아야 하고, 주체는 자신의 몸이 욕망하는 것이 무엇인지 알아야 한다.

군산은 근대의 땅이었다. 개항과 철도 개통으로 군산에는 돈이 모이고 사람이 모였다. 사람은 돈을 불려서 내 배를 불리기를 욕망하며 돈을 좇았으나 돈은 호락호락하지 않았다. 부자들조차 온전한 돈의 주인이 되지 못했다. 배가 부른 것에 만족하지 않고 집을 불리고 땅을 불리고 돈 자체를 불리고자 했다. 사람은 자가 증식을 욕망하는 돈의 소유가 되어갔다. 100년이 지난 지금도 자본의 노예가 되어 있음은 마찬가지다. 일제 식민지 시절에는 나를 소유하려는 적을 구별하기 쉬웠지만, 해방과 냉전을 거치면서 변별 능력을 잃어버렸다. 절대동맹 미국이 우리를 식민지 취급할 리 없다는 믿음은 국가가 국민의 뜻대로 통치한다는 민주주의를 살고 있다는 믿음만큼 어리석고 공고했다.

근대(modern)이라는 단어가 처음 등장한 15세기와 16세기 유럽에서, 이것은 전통을 따르지 않는 당대의 새로운 흐름을 뜻했다. 산업혁명으로 본격적으로 등장한 자본주의와 시민혁명으로 점차 자리잡은 민주주의가 근대의 양 토대라 할 수 있다. 이것은 정치에 참여하는 인간의 폭이 넓어지는 과정이었다. 고대 그리스에 여성과 노예는 정치에 참여할 수 없었다. 절대군주제와 귀족의 정치 세계에 프랑스혁명으로 부르주아 시민 계급이 등장하며 근대 민주주의가 태동한다. 산업화 시기 자본가에 맞서는 노동자—프롤레타리아 계층이 드러난다. 20세기에는 참정권을 획득한 여성과 민권운동으로 목소리를 얻은 흑인이 주체성을 찾았다. 이어서 성소수자, 장애인, 노인 등 다양한 주체가 깨어나고 있고 기후재난으로 인류세가 주창된 이후 비인간 존재로 주체성이 확대되고 있다.

1937년 조선일보에 연재를 시작한 채만식의 소설 『탁류』는 1930년대의 군산과 서울의 당시 분위기를 생생하게 전달한다. 인물들은 만세 운동 이후의 더 노골적인 일제의 강점에 분노한다. 동시에 새로운 '자본경제 구조'에 적응하려고 발버둥친다. 정주사는 체면을 잊고 미두에 몰두하다 패가망신당하고, 태수는 은행의 허점을 이용해서 회사의 돈을 착복하고, 초봉은 결혼의 형태로 자신의 몸을 상품으로 삼아 살아간다. 자본 중심의 상업, 산업, 금융뿐만 아니라 삶의 방식까지도 지극히 '근대적'이다. 신자유주의 물결 이후 심화된 양극화의 현대의 삶과 전혀 다를 바 없으니 '현대적'이라고 부를 수도 있겠다. 정주사의 삶은 신자유주의를 거쳐 극심해진 양극화를 양산하고 있는 현대 자본 구조에서 허덕이는 우리의 모습과 다르지 않다. 자본주의는 '개인의 소유 권한'을 확대하며 인간의 주체 발견을 도왔지만, 이미 100년 전에도 자본은 인간의 노동과 시간을 잠식했으며, 이제는 공의롭게 추구하던 개념가치까지 수익을 위한 자산가치로 전환되고 있다. '지식과 정보를 공유'한다는 가치는 구글이, '모두의 미디어'라는 가치는 페이스북이 독점한 플랫폼 경제가 그러하다. 심지어 배달노동자들은 개인사업자로 등록되어 노동자로서 인정받지도 못한다.

제도적으로 민주주의를 완성했다고 착각하는 사이에 자본주의는 우리 생활의 모든 것을 잠식하고 있다. 낸시 프레이저는 '식인 자본주의'와 '도살당하는 민주주의'의 대안으로서 '사회주의'의 재발명을 제안한다. 그에 더불어 일상의 민주주의를 회복하고 자본의 위협을 경계하는 개인이 자립적 주체성을 확보하는 동력을 근대에서도 찾을 수 있지 않을까. 정주사는 가난했지만 가도를 따르는 선비의 집안이었다. 그러나 그는 계급적 관습을 탈피하고 신학문을 공부했으며 가산을 팔고 대처로 이주하는 개인적 선택을 감행한다. 비록 그 말로가 비참하기는 하나, 주어진 상황에 그대로 머물러 있지 않았음을 볼 수 있다. 욕망을 품은 개인의 서사는 군산으로 흘러드는 금강의 모습과 닮아있으니 군산은 '근대'를 살펴보기에 적절하다.

이주, 실패, 타락. 군산은 100년 전부터 현대 민주주의와 자본주의의 가능성과 한계가 동시에 싹트고 있는 도시다. 군산은 욕망과 욕망이 부딪히고, 기대와 좌절이 넘쳐나며, 영광과 실패가 교차하는 도시다. 체념 끝에도 악착같은 각자도생으로 역전의 명수가 되는 도시다. 서해안 시대 중공업의 희망과 현대중공업 군산조선소와 GM자동차 군산공장의 철수로 인한 쇠퇴. 관광도시로의 부활과 한계. 도로, 신문, 야구, 농구 등 많은 것이 전북 최초로 들어왔듯이 일본, 미국, 중국(화교), 북한(피난민), 근래의 베트남과 다양한 배경의 이주민들이 섞여 들어오는 혼종의 도시다. 군산의 근대는 관광으로 소비되는 경관이미지를 감도는 안개처럼, 바람처럼 도시 전체에 깔려 있다. 제각각 흩어져 있는 개별 존재들이 근대적 성찰을 만날 수 있는 공간임을 예민하게 감지한 예술인들이 홀리듯 군산으로 찾아와 터를 잡고 있다.

전통적인 공동체 기반이 약한 군산은 동창회가 활발하게 움직인다. 몇 대를 걸쳐 한 곳에서 오래 살아온 성씨들이 있지만 혈연과 지연이 작동하는 경우는 크지 않다. 반면, 학연은 강력하다. 십여 년 차 이주민으로 살면서 '어느 고등학교 몇 회입니다' 라는 토박이의 소개말을 많이 들어왔다. 어느 학교 몇 회 동창회 사무실임을 알리는 간판도 많이 보았다. 수십 년 만에 만났어도 같은 초등학교를 나왔다는 확인만으로 타인과 다름없던 사이를 단숨에 가까워지게 한다. 군산에서 정치를 하려면, 군산에서 고등학교를 졸업해야 한다는 진담을 농담처럼 나눈다. 군산은 개항 이후, 대규모 이주민 유입이 몇 차례 이어진다. 학교는 특정한 공간에서 공통의 경험을 형성했다는 공동체성의 정서적 기반을 제공했을 것이다. 토박이보다 이주민이 많다는 곳에서 같은 학교를 졸업했다는 사실은 끈끈한 유대감을 생성할 만하다. 군산살이가 10년, 20년이 넘어도 이주민은 여전히 이주민이다. 이주민의 도시, 실패의 도시, 근대의 도시에서 나는 어떻게 살고자 하는가.

4. 진짜 목소리

군산시가 문화도시사업에 처음 도전장을 내밀었던 2020년 가을. 군산은 처음으로 불특정 다수의 시민 전반을 대상으로 하는 대규모 원탁 테이블을 개최했다. 원탁을 진행했던 시민

추진단도, 행사를 지원했던 군산시도, 문화도시가 늘 강조하던 거버넌스가 무엇인지 몰랐지만 원탁에 참여한 모두는 알고 있었다. '말할 수 있는 자리'와 '들을 수 있는 자리'에 목말라하고 있었다는 것을. 개별적인 존재로 동등하게 만나고 협의하는 연대를 갈망하고 있었다. 이브 모슬리는 『민중의 이름으로』에서 우리의 민주주의가 가짜라고 일갈한다. 선거를 통해 통치 대리인을 뽑는 방식은 '선거 과두정'에 불과할 뿐이며, 선출된 소수 과두는 우리의 뜻을 대리하지 않기 때문이다.

"선출된 대표자들이 통치권을 갖는다고 되어 있지만 그 대표들은 자꾸 바뀌는 반면에, 실제 생활에서 정말로 권력을 행사하는 집단들—정당, 관료, 기업, 미디어, 사법기관, 독립 공공기관, 국제조약 협정, 금융제도, 기타 각종 규제기관—은 변함없이 하던 일을 계속해나간다. 그리고 우리를 대표하는 것으로 되어 있는 대표자들이 우리보다 오히려 그런 권력집단들과 긴밀하게 연결되어 있다는 사실을 깨닫게 될 때마다 한 차례의 충격을 받곤 한다."

주민 주체의 거버넌스는 현재 우리가 토대로 삼아 살아가는 가짜 민주주의의 보완재로 반드시 필요하다. 그러나 원탁 테이블과 같이 거버넌스의 기반이 되어주는 자리가 마련되어 우리의 이야기를 주고받을 때, 반드시 주의할 것이 있다. 주체는 자신이 욕망하는 것을 진솔하게 볼 수 있어야 한다. 언론과 정치판에서 거론하는 것이 곧 나의 욕망이라고 섣부르게 판단하지 말아야 한다. 선거를 경마에 비유한 이브 모슬리의 이야기를 다시 들어보자.

"민중은 기수가 누가 될지는 결정할 수 있지만 조련사나 말 소유주 또는 말 자체에 대해서는 영향력을 행사할 수 없다(경기장이나 날씨는 말할 것도 없고)."

그런 상황에서 우리가 최소한 선택할 수 있는 기수가 나를 대신해서 말하고 있는지를 점검해야 한다. 말 소유주에게 유리한 말을 마치 우리를 위한다고 외치는 것은 아닌지 짚어봐야 한다. 선거에 단골 공약으로 등장하는 말들, 아파트가 필요하다, 공항이 필요하다, 핵발전소가 필요하다는 것이 정말 나의 욕망인지 면밀하게 살펴야 한다.

말랭이 마을 주민들과 소규모 원탁 테이블을 진행했을 때의 일이다. 대부분 고령의 할머니 할아버지들로 구성된 주민들은 오래전, 가난하여 살기가 척박했어도 이웃 간에 정이 있어 마음이 따뜻했다는 마을의 추억을 들려주었다. 그들에게 마을이 어떻게 되기를 원하는지 묻자 이구동성으로 주차장을 늘려야 한다고 말했다. 마을 주민들이 차를 여러 대 보유하고 있어 주차 문제로 마을이 불화하던 것일까? 아니었다. 나는 이곳에 올 때마다 마을 앞에 정비된 주차장을 사용했고 한 번도 주차로 인해 어려움을 겪은 일이 없었다. 그들이 말한 주차장이 필요한 이유는 관광객이 많이 올 수 있도록 편의시설을 갖춰야 한다는 주장이었다. 아직 오지도 않은 관광객이 누릴 편리함을 마을 주민이 먼저 바라고 있었다. 이토록 친절한 배려를 관광객이 알아주고 감사한다면 좋겠다. 넓은 주차장을 이용하러 관광객이 오는 것은 아니니, 마을이 많은 관광객을 끌어들일 매력 요소를 충분히 갖췄다는 암묵적인 전제를 점검하는 것을 나중으로 미루고, 우선 관광객이 많이 오기를 바라는 이유부터 알고 싶었다. 관광객이 늘어나 관광객을 제한하는 이탈리아 베네치아와 비교하는 것은 무리일지라도, 다소 곤란을 겪어 관광객에게 '주의사항'을 안내하고 있는 북촌의 사례를 소개하며 물어보았다. 좁은 마을 골목에 마시고 남은 일회용 커피 쓰레기가 쌓이고, 낮은 담 너머로 집안을 기웃거리며 묻지도 않고 사진을 찍어대거나 마당에 함부로 들어오는 관광객으로 인해 스트레스가 생기지 않겠냐고 물었다. 할아버지 할머니 주민들은 손을 저으며 걱정말라고 답하였다. 그런 불편함은 참을 수 있고 언제든 관광객을 환영할 것이니 주차장만 만들면 된다고 했다.

이들은 왜 관광객의 방문을 바라는 것일까. 마을 주민 다수가 카페와 숙소 등 서비스업에 종사하고 있다면 이해할 만했으나, 이곳은 상권이 아닌 거주 공간이었다. 한국전쟁으로 피난 온 사람들이 산자락에 손수 지은 집들이 빽빽하게 들어찬 해망동과 유사하게 생겨난 마을이었다. 내항에 면한 해망동은 2013년에 안전상의 이유로 모두 철거되었다. 그보다 규모가 작은 말랭이 마을— 말랭이는 산 정상, 산꼭대기를 뜻하는 제땅말이다—은 '근대 마을'로 지정되고 전시관과 레지던스 공간 등을 마련한 직후에 열린 비공식적 원탁 테이블이었다. 주민들은 젊은 사람들이 찾아와 마을이 북적이는 것을 반기고 있었다. 주차장이 생기고 관광객이 늘어나면 '살림이 팍팍했어도 이웃 간에 정이 있어 마음이 따뜻했던 마을'이 될 것이라 기대하고 있었다. 마을에서 재미난 일이 일어나 마을 사는 사람들의 삶이 흥겨우면 다른 곳에 사는 사람들이 궁금해 몰려들고 자연스레 관광객이 생겨난다. 마을의 욕망은 '따뜻한 정'과 '만남'을 줄 수 있는 '사람'이지 '자동차'에 있지 않았을 것이다. 주차장이 필요하다는 주장은 정말 '나'의 입장에서 바라본 관점이었을까, 아니면 관광사업을 위한 사업적 혹은 정책적 관점이었을까. 나는 내 몸의 욕망, 내 몸이 딛고 선 터전의 욕망, 터에 뿌리내린 생활의 욕망을 찾아야 한다.

얼마 전, 조개는 마트에서 사면 되는데, 갯벌 보존과 조개가 무슨 상관이냐며 갸웃거리던 초등학생을 만났다. 웃을 일이 아니다. 나 역시 마찬가지였다. 내가 먹는 음식과 내가 입는 의복이 어떤 공정과 손길에 의해 내게 오는지 생각하지 않고, 연결 지어 상상하지 못한 도시 촌것이었다. 주민 주체로 서지 못하여 공무적 행정 언어와 언론에서 접한 전문 용어가 내 필요이며 욕망이라 착각해 왔다. 2023년 가을, 사람들 앞에서 군산에 대해 말하는 기회가 있었다. 이주민인 내가 뭐라고 감히 군산을 이야기할 수 있을까 망설였다. 그러나 문화도시 사업을 통해 도시를 바라보는 시선이 달라진 경험을 나눠보고 싶었다. 당시의 관심사였던 북클럽 활동, 개복동 만남[14], 그리고 새만금을 둘러싼 갈등을 소개하며 포럼에 참여했다. 이 글의 집필 계기가 되었던 그 날의 결론을 가져와 본다.

이성과 합리성이 19세기 근대의 도구였다면, 자본주의의 과잉과 제도적 민주주의의 한계를 극복할 21세기 근대의 도구는 무엇일까. 생명과 연대, 그리고 성찰의 시간이 도구가 될 수 있을까. 적어도 『우리는 결코 근대인이었던 적이 없다』(갈무리, 2009) 라는 브뤼노 라투르의 단언처럼, 포스트모던과 후

---

14) 2023년 1월부터 9월까지 몇 차례 만남을 이어온 자리를 마련했었다. 군산에서는 성매매업소 화재 참사가 있었다. 2000년 군산시 대명동과 2002년 개복동에서 일어난 참사로 20명의 여성이 목숨을 잃었다. 2004년 성매매특별법을 제정하게 된 계기였으나 개복동 화재 건물은 안전성 이유로 철거한 이후 지금까지 빈터로 남아 있다. 전국의 반성매매인권단체가 조직한 '민들레 순례단'은 매년 9월 군산으로 순례를 오고 추모행사를 갖고 있지만 개복동 화재터를 일상의 공간으로 살아가는 군산시민은 이 사안에 대해 주인이 아닌 객이 되어 그들의 방문을 지켜본다. 개복동에서 진행했던 '이야기그릇'이라는 만남은 지원도 없고 조직도 없었다. 화재터를 볼 때마다 마음이 불편했던 시민들이 모여 이대로 괜찮느냐고 묻는 자리였고 그렇게 이야기하자는 제안에 다른 시민이 응하여 이루어진 자리였다.

기근대와 탈근대 등의 신조어를 성급하게 꺼내들 것이 아니라 진중하게 근대 자체를 들여다볼 필요가 있다.

군산의 근대를 경관 이미지 중심의 관광자원과 식민지 근대화론의 은근한 암시로 소비하고 폐기처분할 것이 아니라, 군산의 근대스러움, 군산의 근대다움을 붙들어야 할 때다. 개인과 개인이 오래된 낯선 이주민으로 경계하지 않고, 서로가 다름없이 온전한 생명의 존재로서 동등하게 접촉하는 연대의 문화자원으로 바라본다면. 흩어져 있는 군산의 개인들과 정리되지 않은 군산의 뜻이 서로를 마주 보고 자신을 들여다보며 성찰의 기회를 갖게 된다면. 늦었다고 서둘러야 한다고 시간의 뒤를 좇기보다 충분한 성찰을 위해 시간 더러 문밖에서 기다리라고 한다면. 무엇인가 되지 않을까. 그 안개같은 무엇을 군산, 근대 문화공동체라고 이름지어 볼 수 없을까.[15]

나는 우연한 바람을 타고 군산에 오게 되었다. 마침 이곳은 '근대'를 관광지로 내세운 곳이었으며, 실제 '근대'의 실체가 여러 겹으로 쌓여있는 곳이었다 부유하던 내 삶이 군산에 이

---

15) '근대자원의 한계와 새로운 제언', 김규영. 〈변산포럼−변화는 변방에서 시작된다〉 2023년 10월 18일, 부안군문화재단, 석정문학관.

르러 살고자 하는 욕망을 발견했다. 내가 사는 땅과 내가 살아가는 매일의 생활, 그리고 나의 삶의 관계가 이제야 보이는 것 같다.

새, 사람행진단. 남태령을 향해서

5장 신명나는 사람들

1. 삐끼, 길에 나서다

한반도에서 긴장을 말고 김장을 하자던 2022년 11월의 팽팽문화제를 다녀온 후, 한 달에 한 번 시간을 내어 팽나무 아래에 가기로 했다. 아는 사람이 없으니 어울려 섞이지는 못해도 마음을 내었으니 동행이 없어도, 말 붙일 동기가 없어도 가기로 했다. 2023년 첫 번째 팽팽문화제는 새해맞이이니 빨간 한복 치마를 꺼내 입고 한껏 멋을 내었다. 펑펑 눈이 내렸고 하제기억관 비닐하우스에 모여서 이야기를 주고받았다. 하제가 고향인 여정진 선생이 아버지가 미군에 의해 돌아가신 사연을 풀어놓는다. 31살의 청년 가장을, 술잔을 나누고 집으로 돌아가던 청년 가장의 폐와 간을, 미군의 총

알 하나가 뚫고 지나갔다. 어줍잖은 보상도 없이 사과도 없이 유야무야 넘어갔으니 일흔이 넘어도 아버지를 잃은 다섯 살 아이 때에 새겨진 상흔은 쉽사리 지워지질 않을 것이다. 페이스북에 팽팽문화제를 다녀온 소식을 올렸다. 군산에서 나고 자랐으나 대학부터 지금까지 쭉 서울에서 사는 친구 하나가 댓글을 달았다.

"나의 미군기지에 관한 기억은 친구들 부모님이 거기서 일하셔서 햄버거며 피자를 얻어먹은 적이 있었다는 것과 중1 때 미군 부대 근처 사는 친구의 생일잔치에 초대받아 처음 가봤다가 일명 양공주들 모습을 보고 많이 놀랐다는 것. 주말에 군산 시내를 걷다 보면 미군들의 모습이 간간이 보였다는 것. 울 아버지 소유의 건물이 일명 양키시장 안에 있었다는 것.

그러고는 대학 때 나오면서 이후로 까맣게 잊고 살았어. 덕분에 내가 모르던 시절의 군산을 알게 되는구먼유."

'좋은 공연을 보았다'거나 '흥미로운 전시에 다녀왔다'고 올리던 SNS 포스팅의 배경이 점차 서울이 아닌 군산과 전북에서 일어난 이벤트로 비중이 옮겨지고 있었다. SNS 인플루언서는 아니어도 활동가들의 활동을 소개하는 것이 내가 할 수 있는 최대치의 참여라고 생각하여 부지런히 글을 올렸다. 내게 '군산의 문화 삐끼'라고 별명을 붙여 주었던 고영직 문학평론가는 결국 내 '삐끼질'에 넘어와 수라갯벌과 팽팽문화제에 참석하기도 했다. (마침 제31회 팽팽문화제가 한국작가회의 등 문인협회가 협력해서 마련한 생명평화문학축전으로 진행되었던 때와 딱 맞아떨어진 것은 결코 우연이니, 결단코 나의 열렬한 삐끼질이 효력을 발휘한 것이라 하겠다.) 누구라도 내 글 조각을 보고 관심 가져준다면 기꺼이 '삐끼'가 될 용의가 있었다. 2023년 4월, 제14회 광주비엔날레에서 진행된 문화 이벤트 역시 자세히 전할만할 소식이었다. 전시장에는 참호를 쌓은 것 같은 설치 전시물이 비치되었고 멸종된 생물을 그려 넣은 노란 나무 피켓이 곳곳에 꽂혀 있었다. 했다. 〈멸종 전쟁〉 전시의 핵심은 3일에 걸쳐 개최하는 '세대 간 기후 범죄 재판소'라는 이름의 퍼포먼스였다. 재판의 방식으로 원고가 피고의 기후 범죄를 고발하고, 관람객이자 방청객인 우리는 배심원이 되어 피고의 유·무죄를 판단하는 것이다. 원고인 '한반도의 과거, 현재, 미래의 동지들' 대표로 군산미군기지우리땅찾기시민모임의 구중서 사무국장과 새만금시민생태조사단의 오동필 단장이 새만금신공항을 건설하는 대한민국 국토교통부의 기후 범죄를 조목조목 짚어냈다[16]. 그동안 야외 답사를 통해 파편적으로 들었던 상황의 전체적인 윤곽을 명료하게 조망할 수 있었다. 현장에 있던 배심원은 대한민국 정부에게 유죄를 선언했다.

사안은 심각했다. 어중이떠중이로 살았다고 하더라도, 나름 군산살이 10년이 되어가는 내가 이제야 알았다면 아직도 새만금신공항 건설이 곧 수라갯벌 파괴라는 사실을 모르는 사람이 부지기수일 터였다. 사람들이 알아야 했다. 나라도 알

---

16) 2023년 4월 5일. 광주비엔날레 시립미술관 제1 전시실에서 〈세대 간 기후 범죄 재판소〉가 진행되었다. 영국 웨스트민스터 대학 법학 교수인 라다 드수자와 네덜란드 예술가 요나스 스탈이 '세대 간 기후 위기법'에 의거하여 함께 기획한 퍼포먼스로 "본 증거 재판은 군산 지역의 미군 기지 확장을 촉진하며, 광범위한 간척 사업을 통해 새만금 지역을 훼손하는 대한민국의 국토교통부를 기후 범죄 혐의로 기소한다. 이를 위해 지역 공동체 주민과 시민단체 활동가들이 증인으로 참석하여, 새만금신공항 건설의 생태적, 사회적, 여파와 한반도 평화에 미치는 위협에 대해서 증언한다."("'법인'은 환경·사회적 책임 회피 수단… 기후 범죄 책임 져야", 경향신문, 2023.4.24.) 광주비엔날레에서는 한국의 기후 범죄 세 건이 고발되었다. 새만금신공항을 추진하는 정부, 베트남에 석탄화력발전소를 건설한 두산, 삼척에 석탄화력발전소를 건설 중인 포스코는 모두 유죄로 판결받는다.

려야 했다. 마침 군산 한길문고 사거리에서 피켓을 드는 선전전이 있어 일주일에 한 시간씩 시간을 내어 나가기로 했다. 팽팽문화제 적응하는데 오래 걸렸던 것과 달리 선전전에는 금방 익숙해졌다. 첫 선전전을 함께한 날은 특별히 서울 마포구의 성미산학교 포스트중등 학생들이 군산을 찾아와 선전전에 합류했던 날로 덕분에 유날히 밝고 신나는 시간이었다. 다음날은 제30회 팽팽문화제였고 〈육해공전 아니고 봄나물전〉이라는 부제가 붙은 날에 그들을 다시 만났다.

모두 분주하게 움직이는 것이 즐거워 보였다. 하릴없이 어슬렁거리는 나를 부른 것은 구중서, 군산미군기지우리땅찾기시민모임의 사무국장이자 평화바람의 멤버인 더덕이었다. 그는 내 손에 작은 칼을 쥐어 주고 소쿠리를 가리키더니 쑥을 뜯어오라고 시켰다. 그는 햇살이 눈부시지 않은 날에도 찌푸린 표정을 주로 하고 있지만, 활짝 펴지는 웃음을 가진 개구쟁이다. 나는 2020년 군산 원도심의 명소 중의 한 곳인 동국사 가는 길에서 그를 처음 보았다. 그곳에는 화가이자 지역문화 기획가인 이상훈씨가 운영하던 '창작문화공간 여인숙'이 있었다. 실제 여인숙이었던 건물을 개조해 작가 레지던스 프로그램 등을 기획하고 진행하던 문화예술 공간이 문을 닫고 그 자리에 '평화바람부는 여인숙'이라는 간판이 붙었다. 당시 나는 즉흥극 플레이백시어터 극단 체로의 배우로서 군산에서 한반도 평화 프로세스 기획공연을 올릴 무대를 찾고 있었다. 2018년 문재인 대통령과 김정은 국무위원장이 평양에서 만나고 손을 맞잡고 함께 판문점을 건너는 장면에서 영감을 받아 시작한 기획공연이었다. '평화바람'이라는 단체 이름을 들어본 일도 없었으니 '군산미군기지우리땅지키기시민모임'이나 문정현신부님과 관계되어 있다는 것도 당연히 몰랐다. 그저 '평화바람'이라는 이름이 〈요사리안은 한반도에서 뭘 봤을까?〉 라는 우리의 공연과 어울려 보였던 것이다. 지금처럼 상설전시 〈평화로 걷는 군산〉을 갖춘 '평화박물관'(군산시 월명동 소재)이 되기 직전이었다. 플레이백시어터 공연의 무대 공간으로 섭외하고 싶다고 찾아갔을 때 더덕을 처음 만났다. 그때도 그는 무뚝뚝했고, 가만히 내용을 듣더니 "그려요"하고 짧고 빠르게 결정하고 자리를 떴다. 당신은 뭐 하는 사람이냐, 어디서 왔냐, 왜 여기서 하겠다고 하느냐 등 자질구레한 말을 묻지도 않았고 사용료를 내야 한다, 공간 사용에 뭘 주의해야 한다, 그런 잔소리도 없었다.

그는 도움을 요청하면 들어준다. 도움이 필요하다는 것조차 모르는 사람에게는 가만히 지켜보다 슬쩍 일러준다. 내게 건네준 작은 칼이 그러했다. 팽나무 근처에 지천으로 깔린 쑥을 어설픈 손놀림으로 뜯어오니 할 일이 이어진다. 나는 어느새 프라이팬 앞에 자리를 잡고 노릇한 부침개를 연신 만들어내고 있었다. 그날 처음으로 '활동가'라는 소리를 들었다. 부침개 지지는 걸로 어떻게 활동가가 되느냐며 농담 말라고 손사래 쳤지만 이후 내 페이스북에는 '전문 시위꾼'을 따라다니는 '데모' 포스팅이 늘어나기 시작한다.

선전전은 즐거웠다. 신에게 감사를 외치는 프랜차이즈 식당처럼 기쁘게 나섰다. 땡큐! 금요일은 한길문고 사거리로 나가야지! 땡큐! 새만금신공항을 반대하고 수라갯벌을 보존하고 알려야지! 그날의 의상에 어울리는 색깔의 피켓을 골라들고 내 고정 자리가 된 사거리 귀퉁이에 선다. 바쁘게 지나는 사람과 차량을 바라보며 여러 공상에 빠져든다. 저들은 어디를 가는 걸까, 무슨 일로 바쁜 걸까, 우리 목소리에 궁금함을 느낄까, 공항 말고 갯벌, 개발 말고 갯벌을 어떻게 생각할까, 내가 그랬듯이 무심히 스쳐가겠지, 파이팅을 남기고 금세 잊어버리겠지. 지나는 사람에게, 운전자에게 눈인사를 보내며 그들이 보낼 하루의 안녕을 기원했다. 한 시간은 금방 지나간다. 피켓 메이트와 수다 삼매경에 빠지면 시간이 모자랄 정도다.

내게 팽팽문화제를 소개해 주었던 강형철 시인은 의논한 것도 아닌데 나와 비슷한 시기에 선전전 출석을 시작했다. 그는 고등학교 졸업 후 수십 년을 보냈던 서울을 떠나 고향 군산으로 돌아온 지 오 년이 되어간다. 한국작가회의에 깊게 몸담은 그가 들려주는 이야기는 오래되었건 바로 오늘 아침의 일이건 언제나 흥미진진하다. 가을마다 김장배추를 직접 심고 뽑고 씻고 절여서 동생들과 김장을 한다는데 올해도 일손을 돕지 못했다. 내년에는 꼭 뭐라도 손을 거들고 맛나다고 소문난 김장김치를 얻어보련다. 다른 피켓 메이트 다래님도 알고 보면 만만치 않은 수다쟁이다. 겨울이면 스님의 방한복 같은 회색 누빔옷을 즐겨 입고, 채식을 실천하며, 입을 다물면 생기는 무표정이 엄숙하여 종종 스님이라고 오해받는다. 그렇게 오해받았던 에피소드를 킬킬거리며 들려주는 그는 기억력이 좋아서 흥미로운 대화를 한껏 이어갈 수 있다.

건강을 위해 시작한 채식의 효능을 경험했기에 술, 담배는 물론이고 젓갈이 들어간 김치, 육수를 이용한 국물요리, 버터와 우유가 들어간 과자 등은 먹지 않는다. 그러나 치킨집이나 고기집에서 갖는 술자리 모임을 피하지도 않는다. 그런 그가 고마워서 가능한 비건 메뉴가 있는 식당을 찾지만 선택지가 많지는 않다.

한창 수다를 떨다가도 누군가 피켓을 관심있게 바라보는 시선은 놓치지 않는다. 잘 보시라고 짐짓 피켓 방향을 돌리거나 올려세우기도 하고, 상대에 따라 먼저 인사를 걸거나 설명을 시작하기도 하고, 그저 고개를 끄덕이며 반응을 자제하기도 한다. 대부분 바쁜 걸음을 재촉하지만, 종종 말을 걸어오는 분들이 있다. 하루는 장년의 여성분께서 가만히 들여다보다 이게 뭔 소리냐고 묻는다. 차근히 말을 꺼내는데 건널목 신호 바뀐다고 서두르라 하신다. 허둥대며 가까스로 요지를 전달하니, 대뜸 목소리를 높인다. "아니, 그걸 왜 짓는대? 지금 있는 그 공항 때문에도 그짝 사람들 힘들어 하는디, 뭐땀시 또 공항을 짓는대?! 암튼 수고혀요!" 하고 총총히 길을 건너간다. 같은 자리에서 매주 선전전을 해도 아직도 소식 모르는 동네 사람이 많으니 선전전의 보람이 크다. 애쓰는 것을 알아주셨는지, 어느 추운 날에는 할머니 한 분께서 피켓 앞에 가만 계시다가 갑자기 가방에서 꺼낸 사탕 두 개를 손에 쥐어 주고 깜박이는 신호에 맞춰 총총히 건너가신 고마운 일도 있었다.

금요일 선전전이 목요일 선전전으로 바뀌었지만, 지금도 같은 시간, 같은 장소에서 이어가고 있다. 선전전을 '어느 단체'에서 하는 것이냐는 질문을 종종 받는다. 꾸준히 함께하는 '살맛나는민생실현연대'를 포함해서 '새만금신공항백지화공동행동'과 '평화바람'과 '군산미군기지우리땅지키기시민모임'과 '새만금시민생태조사단' 등의 단체가 주로 참여하고 있지만, 나처럼 어느 단체에도 소속되지 않은 군산의 시민들도 여러 분 참여하고 있으니 금방 답을 못하고 어버버한다. 체계적인 조직도나 일괄적인 지원금 없이 삼삼오오 모인 시민들의 목소리라고 생각지 않고 내가 그랬듯이 다른 곳에서 온 '전문 시위꾼'이라고 여길까봐 "저는 나운동 살고 있어요"라는 말부터 한다. 인근의 동원중학교, 서해초등학교 학생들이 지나가는 모습을 보는 것이 가장 즐겁다. 때로 영화 〈수라〉를 봤다면서 수줍게 말을 거는 아이들도 예쁘고, "그래도 공항 있으면 좋아요. 제주도 빨리 갈 수 있잖아요"라며 도발하는 아이도 예쁘다. 피켓의 내용을 보며 "적자 200억? 그건 아니지요!"하고 외치고 응원하는 예쁜 아이들은 더 많다. 새만금 개발 사업이 지역 경제를 위해 반드시 필요하다는 어르신과 대화하는 것도 선전전의 즐거움 중 하나다. 서로 뜻이 다르더라도 지역 문제에 대해 관심을 가지고 고민을 나누는 자리가 귀하다.

뜨거워 더운 날에는 피켓을 정리한 후 시원한 냉면 먹으러 가니 좋고, 날이 추워 덜덜 떨었던 날에는 뜨끈한 팥칼국수를 먹으러 함께 가니 좋다. 일주일에 한 번씩 선전전 친구들, 동무들의 얼굴 보는 것이 좋다. 혹시 지나는 길에 선전전을 만나거든 생태 삐끼에게 고개 인사 한 번, 아니면 빵빵 경적 인사 한번 보내주길 바란다.

2. 생태 수업

문화제, 거리 선전전, 다음은 기자회견이었다. 수라갯벌, 팽나무, 미군기지 등은 언론이 앞다투어 소문내어 줄 사안이 아니라서 같은 뜻으로 모인 사람들이 스스로 목소리가 들릴 수 있도록 자리를 마련해야 했다. 언론이 몰라서 그렇지, 이 사안을 진지하고 중요하게 여기는 사람이 이렇게나 많다는 것을 알리기 위해 명확한 뜻을 적은 현수막을 펼치고, 우리는 자신의 얼굴을 기꺼이 기자회견의 배경으로 내어준다. 그래도 그렇지, 언론 카메라에 공식적으로 등장하는 기자회견 자리는 부담스럽다. 고맙게도 일정을 맞출 수 없을 때만 골라서 기자회견 자리가 열려서 핑계를 찾지 않아도 되었는데, 늦었다면서 허둥지둥 내 발로 급히 달려가야할 만큼 중요한 기자회견 자리가 만들어지고 말았다. 폭염으로 대참사가 일어나기 전에 당장 잼버리대회를 멈춰야한다는 기자회견이었다.

뜨겁고 무덥고 텁텁한 2023년의 여름, 세계스카우트-잼버리대회가 기어코 새만금에서 시작된 것이다. 지역 사람들은 잼버리대회의 끝을 모두 알고 있었다. 새만금을 두고 반드시 매립을 멈추고 갯벌을 보존해야 한다는 의견을 가졌건, 계속 개발사업을 진행해야 한다건 뜻이 달라도 잼버리대회 앞에서 는 모두 혀를 차고 고개를 저었다. 대회를 고작 3년 앞두고 텐트 정박지로 예정한 부안 해창갯벌 인근의 매립을 시작했 으니 땅이 다져질 시간은 절대적으로 부족했다. 도저히 텐트 를 치고 야영을 할 상황이 아니었다. 대회를 며칠 앞두고 '새만금신공항백지화공동행동'이 영문으로 제작한 새만금신 공항 반대를 알리는 유인물을 들고 익산역으로 갔다. 기차를 이용해 도착하는 대원은 많지 않았다. 그러나 예상과 달리, 잼버리대회장으로 가는 것이 아니라 그곳을 떠나는 대원을 만나는 일이 있었다. 영국에서 온 그들은 일찌감치 도착해 새만금 잼버리대회장에서 이틀을 머물렀으나, 도저히 견딜 수 없어서 텐트 걷고 짐 싸들고 서울로 가기 위해 기차를 기 다리고 있었다. 새만금 잼버리의 파행은 대회 시작 전에 이 미 시작되고 있었다. 그들의 이야기에 흥분한 나는 방언 터 지듯 영어 선전전을 시작했다.

시작부터 망했다는 것을 알았지만 지역 사람들은 이곳을 찾아온 손님 환영을 위해 최선을 다했다. 나도 군산 금강미래체험관에서 영어자원봉사를 해 달라는 요청을 거절하지 못했다. 이곳은 금강하구둑의 철새조망대를 리모델링한 곳으로 대원들의 지역 방문 장소 중의 하나였다. '미래'의 영문 표기를 Future가 아니라 Green을 사용하며 유·초·중등 학생 대상의 생태교육과 체험 및 홍보 공간으로 유용하게 사용할 수 있는 넓은 부지를 보유하고 있다. 그러나 스카우트 대원들은 10대에서 60대에 이르는 다양한 연령대의 성인이었고 밖에 나서기도 싫은 더운 날씨였다. 새만금 해창갯벌에서 한 시간 정도 버스를 타고 금강미래체험관에 도착한 대원들은 대부분 얼빠진 상태로 터벅터벅 강당으로 들어온다. 쾌적한 버스에서 누린 꿀맛같은 낮잠에서 덜 깬 모습이다. 금강미래체험관을 소개하는 15분 짜리 오리엔테이션을 받은 뒤에는 2-3시간 정도 자유롭게 공간을 둘러본다. 층마다 설치된 전시를 관람하거나, 간단한 만들기를 체험할 수 있었다. 나는 다른 봉사자와 교대로 진행하는 오리엔테이션을 담당했다. 금강과 공간 소개를 아주 짧게 줄이고 군산과 새만금 사업, 특히 새만금신공항으로 인한 수라갯벌의 존폐위기에 대한 비중을 늘렸다. 오리엔테이션이 끝나면 강당 밖에 걸려 있는 '군산개발계획도' 앞에서 새만금과 수라갯벌의 위치를 짚어주며 추가로 설명하고, 영화 〈수라 Sura: a love song〉를 소개했다. 새만금신공항백지화공동행동이 잼버리대회에 맞춰 제작한 영문 안내지 〈우리의 수라를 살려주세요 Save Our Sura〉와 SOS를 외치는 흰발농게와 저어새 뱃지는 대원들에게 인기가 좋았다. 그들은 영문 안내지가 동이 나면 한글로 된 것이라도 달라고 요청했다.

대원들은 새만금이 간척매립지라는 사실은 이미 잘 알고 있었다. 지도에 야영지의 위치를 짚고 설명하는데 어떤 대원은 "우리 텐트는 거기 없어요. 지도에 나온 그런 땅이 아니고 바다에 있거든요!" 라고 짓궂은 말을 해 모두가 (쓴)웃음을 터트리게 했다. 새만금신공항이 잼버리대회에 참석하는 대원의 편의를 위해 계획되었다고 하니, 자기는 1000년 후에나 필요하니 서두를 것 없다고 뼈있는 농담도 남겼다. 참가자들은 새만금에 대한 설명을 반가워했다. 자신들이 왜 늪지대 같은 곳에서 야영해야 하는지, 도대체 새만금이 어떤 지역인지 알고 싶었지만 아무도 말해주지 않더라며 답답증을 풀 수 있어 기뻐했다. 잼버리 야영지가 앞으로 무엇으로 활용되느냐는 질문이 가장 많았다. 이전에는 무엇으로 사용되었는지, 누가 살았는지를 묻기도 했다. 30년 전에 시작된 새만금 사업 계획을 설명하면, 그들은 계속 묻는다. 100% 농지를 만들겠다는 사업 계획을 바꾼 이유가 무엇인지, 그것이 어떻게 바뀌었는지, 그렇게 바뀐 계획을 왜 또 바꾸었는지 물었다. 질문은 계속 날라왔다. 애초에 왜 바다를 막는가, 왜 갯벌을 매립하는가, 게다가 공항은 왜 또 짓는가, 등등. 나도 똑같은 질문을 하는 사람이었다. 누가 우리의 질문에 답을 해줄 것인가.

대원들은 새만금신공항 건설을 이해할 수 없다고 고개를 저었지만, 자기네 나라도 '마찬가지'라며 개발의 폭력 앞에 놓인 생태 위기 사례를 들려주었다. 간척 전문가인 네덜란드 대원은 현재 새만금의 이상 상태를 지적했고, 말레이시아 대원은 자국을 대표하는 코뿔새가 밀렵으로 위기종이 되어간다고 걱정했고, 유럽의 어느 대원은 저어새가 자기 나라에도 온다며 반가워했고, 이탈리아 대원은 시실리에서 진행되고 있는 다리 건설을 반대하는 운동을 말해주었다. 어느 미국 대원은 친형이 일본 오키나와에서 사령관으로 있었다면서 미군 배치의 심각성을 안다고 하였다. 캐나다, 요르단, 불가리아, 헝가리, 대만, 멕시코, 파키스탄, 콜롬비아, 튀니지, 스웨덴, 네덜란드 등 각국의 대원들 이야기는 넘치고 넘쳤다. 전 세계 대원들과 전 세계의 생태 문제를 서로 확인하는 자리가 되었으니 어떤 점에서 이번 잼버리대회는 망한 대회가 아니라 성공적인 대회였다고도 할 수 있다. 비록 그것이 이번 잼버리대회가 목적한 것은 아니었지만 말이다.

비문법적 영어로 열띠게 이야기를 나누었다. 좋은 이야기 해줘서 고맙다면서 스카우트 패치를 선물 받기도 했다. 깨끗하고 시원한 건물인데 며칠 씻지도 못해 더러운 자신이 들어와도 괜찮을지 몰라 망설였다는 대원, 텐트에서 잠을 깨면 빈버스를 찾아 들어가 쪽잠을 자고 나온다는 대원, 바람 통하도록 텐트 문을 모두 열어두어서 프라이버시는 전혀 없다고 웃는 대원. 모두 유쾌했지만, 야영지의 극악한 상황을 짐작할 수 있었다. 최악의 새만금 잼버리대회를 통해, 인간의 뜻대로 바다를 땅으로 뒤바꾸는 무모함을 포함하여 자연에 맞서는 인간의 어리석음에 대해 온 세계가 함께 고민하고 논의할 기회가 되기를 바랐다. 세계 시민으로서 우리가 가야 할 방향은 분명했다. 다른 지역의 문제에 연대하기에 앞서 내가 살아가는 땅의 문제를 진지하게 보아야 했다. 내 발이 딛고 있는 땅과 내 삶과의 연결이 감각적으로 다가왔다. 신토불이 身土不二. 우리 농산물을 먹으라는 고리타분한 잔소리로만 생각했던 말이 새롭게 다가왔다. 아스팔트 땅을 밟고 콘크리트 건물에 둘러싸인 서울의 삶에서는 몰랐다. 사람의 몸과 사람이 태어난 땅, 사람의 몸과 사람이 살아가는 땅도 둘이 아니었다.

극심한 폭염에 이어 태풍 예보가 떴다. 대회 종료 전, 국가별로 야영지를 떠나면서 금강미래체험관의 자원봉사는 3일 만에 끝나버렸다. 짧은 기간 동안 그들에게 반복적으로 설명하면서 자연스럽게 공부를 하게 되었지만, 답하지 못하는 질문이 많았다. 전북녹색연합은 사람 속마음을 읽어내는 신통력이 있는 걸까. 다음 해 3월, '수라갯벌 길라잡이 교육과정' 참가 안내문이 올라왔다. 제대로 공부하자는 판이 벌어졌다. 영화 〈수라〉를 보고 감명받은 사람들이 스스로 '아름다운 것을 본 죄인'이 되겠다며 수라갯벌을 찾아왔다. 고마운 마음으로 안내자를 더 양성하자는 계획을 일 년 전부터 세우고 있었단다. 오래 준비한 기획인만큼 교육과정은 꼼꼼하고 빡빡했다. 열 개의 이론 강의를 두 번의 일요일에 몰아넣으니 아침부터 저녁까지 강행군이었다. 그런데도 강의를 듣겠다며 전국에서 사람들이 찾아왔다.

나도 제일 앞에 앉아서 팔이 아프도록 필기하며 성실한 학생의 자세로 임했지만, 우등생은 되지 못했다. 답사 때 바람결에 들었던 말을 다시 듣고, 듣고 하니 그제야 귀가 트이는 정도였다. 어떤 일이 언제 일어나고, 어떤 일에 예산이 얼마 소요되고, 정확한 숫자를 짚지를 못하는 열등생이었다. 현장 강의도 마찬가지였다. 새만금에서 가장 중요한 생명 자원은 저서생물과 저서생물을 먹이로 살아가는 조류인데, 평소에도 일체 관심 없던 터라 듣고 또 들어도 까막눈을 면하기 어려웠다. 그뿐인가, 포유류 전문가, 양서파충류 전문가, 곤충 전문가, 식물 전문가들이 수라갯벌에서 서식하고 있는 온갖 생물을 알려주려고 신이 났으니 내 머리는 터질 지경이었다. 전북녹색연합 김지은 사무국장은 과정 마지막에 시험을 치를 거라고 으름장을 놓았고, 모두들 걱정하며 중얼중얼 공부에 열중했지만, 나는 머리에 넣기를 아예 포기해버릴 정도였다.

보람은 있었다. 드디어 큼직한 장화를 구입했으니 갯벌에 들어서도 신발에 물 들어올까, 바지에 펄이 튈까 염려하지 않아도 되었다.

현장 강의를 담당한 전문가들은 복장부터 다르다. 허벅지까지 올라오는 장화, 해를 가리는 모자, 먼 곳을 잡는 망원경, 멀고 가까운 것을 저장하는 카메라, 크기를 가늠하는 자, 샘플을 채취하는 봉지. 최소한으로 챙기고 가볍게 몸을 날리며 현장을 누빈다. 애벌레 하정옥 선생은 말벌에 물리고, 진드기에 물리고, 그 기록도 페이스북에 공유하니 입이 다물어지지 않는다. 포유류의 발자국이 수라갯벌처럼 선명하게 찍히는 곳이 없다면서 즐거워한다. 고라니, 멧돼지, 삵, 너구리, 수달, 생태초보자는 포유류 공부가 제일 재미있다. 애벌레 선생은 포유류 똥에 흥분한다. 누구 똥이라고 어디 적혀 있기라도 하는지 보자마자 말한다. 누가 똥을 언제 누었는지, 무엇을 먹었는지 등을 말한다. 발자국을 읽고 똥을 읽는다. 생물의 생태를 글로만 읽었던 새내기 학생은 신기하기만 하다. 가무락 오동필 선생은 조류 담당이지만 새만금 인근을 20년 이상 보아왔으니 갯지렁이, 게, 조개, 염생식물에 군산의 역사와 문화까지 줄줄줄 죄다 꿰고 있다. 안경을 치켜올리고 맨눈으로 찡그려 보는 일이 잦으니 일찍 노안이 찾아와 돋보기가 필요해 보이는데도 그는 못 보는 것이 없다. 운전하다가 갑자기 길가에 차를 멈추기에 따라 내렸더니, 민물도요새가 모여 있다며 가리킨다. 멀리에는 마른 풀 더미밖에 없는 곳이었다. 새 볼 줄 모른다고 나를 놀리는 건가. 카메라 줌 기능으로 당겨 보니 풀 사이에 물웅덩이 비슷한 게 보인다. 그 사이 그가 재빠르게 설치한 망원경에 눈을 대니 그제야 오종종한 작은 움직임이 보인다. 눈이 아니라 온몸으로 생태를 감각하는 그는 진심으로 좋아하는 일에 몰두한다. 그의 관심사에 관심 보이는 사람을 기쁘게 반기며 진심을 다해 설명한다. 어린이가 물어봐도 복잡한 설명을 못 알아들을 것이라며 적당히 대충 넘어가지 않는다. 듣는 사람의 눈높이에 맞춰서, 정확한 용어를 사용해 천천히 설명한다. 사람을 외양과 조건으로 판단하지 않는다. 생태를 관찰하는 사람에게는 이런 태도가 자연스럽게 몸에 스미는 것일까.

생태(生態)는 '생물이 살아가는 모양이나 상태'이다. 생물은 살아가는 터전에 맞게 자신이 먹고 자고 싸고 번식하며 살 수 있는 방법을 최선을 다해 고민한다. 자신이 생긴 모양에 맞는 방법을 최선을 다해 찾는다. 갯벌의 염생식물은 어떠한 식물도 품지 못하는 짠 소금기를 품고 있다. 살아가기 위한 최선의 상태를 두고 예쁘다, 밉다, 좋다, 싫다, 옳다, 그르다고 감히 평가하고 판단할 수 있을까. 영화 〈수라〉가 가까이에서 보여주었던 생생한 모습을 수라갯벌에서 직접 볼 수 있을 것이라고 기대하지 않는 게 좋다. 고성능 카메라를 들고 아주 몇 날 며칠 끈질기게 기다려야 볼 수 있을까말까할 정도로 보기 어렵다. 고작해야 그들이 남긴 흔적을 볼 수 있는데, 그조차 흔적을 읽을 수 있는 밝은 눈이 있어야 한다. 인간에게 들키지 않으려고 사사삭 숨어버린 생명의 흔적을 읽을 수 있어야 보인다. 내 눈이 보지 못한다고 없는 것이 아니다. 저서생물도, 미세생물도 생물이다. 제 모양대로, 제 상태대로 살아가는 생물이다. 그렇다면 그들을 품은 먼지와 돌과 흙도 생명인 것 아닐까. 아니, 나는 생명이었나. 못난 모양이 답답해 못난 상태를 벗어나려고 아등바등 대던 나도 생명이었다. 내가 사는 모양, 내 생긴 모양, 내가 사는 땅에서 살기 위해 살아온 내가 생명이었다.

3월에 시작한 수라갯벌 길라잡이 교육과정은 9월 중순에 이르러서야 마침표를 찍었다. 새내기 열등생도 수료증을 받았다. 나는 수라에 있는 생명의 이름과 그 생태를 하나하나 읊어내지 못한다. 내가 모두 외울 수 없을 만큼 수라에는 많은 생물 종이 서식한다. 수라갯벌은 생명에게 가장 극악한 환경이다. 예측 불가능하기 때문이다. 8천 년 동안 들고나던 밀물과 썰물의 바닷물이 하루아침에 끊겨 버렸다. 숱한 생물 종이 갑자기 달라진 환경에 몰살당했다. 통보도 없고 설명도 없이 앞을 예상할 수 없는 상태에서도 생명은 살기를 포기하지 않았다. 적응할 수 있어 나타난 새로운 생물 종이 보이기도 했다. 예측할 수 없는 불안정한 상태에서도 생명은 먹고 자고 싸고 번식하며 삶을 이어간다. 생존은 생명의 일이었다. 그럴듯한 명함이 없어 자괴감에 빠졌던 어리석은 순간에도 나는 숨 쉬고 밥 먹으며 생존에 최선을 다했다. 수라갯벌에 처음 왔을 때, 그 이상하고 낯선 풍경 앞에서 연신 아름답다고 감탄하던 사람들이 있었다. 이제는 내게도 보인다. 아무것도 없고 아무 쓸모도 없어 보이는 갯벌에는 악착같이 살고자 애쓰는 수많은 생명이 있었다. 아! 아름답다!

3. 기도하는 사람들

덥다. 연일 폭염특보, 폭염경보, 폭염주의보가 뜬다. 호우주의보도 섞여 뜬다. 수증기를 더이상 공기에 가둬둘 수 없게 된 구름은 한 번에 무게를 털어내 버리듯 요란하게 빗방울을 쏟아낸다. 시원함은 찰나에 불과하고 지표면은 전보다 더 더워진다. 〈새만금 생태계 복원 기원 월요 미사〉17)를 시작하는 첫날, 덥다는 말조차 더워서 하고 싶지 않은 그 여름에 천막 아래 빈자리가 없을 정도로 많은 사람이 참석했다. 천막 그늘 자리는 가톨릭 신자들에게 양보하고 한길문고 사거리 선전전과 팽팽문화제에서 얼굴을 익힌 군산의 동료들과 장승이 드리운 좁고 길쭉한 그림자에 오종종 붙어서서 첫 미사를 지켜보았다.

---

17) 「새만금에 생명의 샘 흐르도록"…전주교구 월요 미사 시작」 가톨릭신문, 2024.8.6. "전주교구가 새만금 갯벌 살리기를 염원하는 월요 미사를 시작했다. 교구 생태환경위원회(위원장 길성환 베드로 신부)와 정의평화위원회(위원장 조민철 스테파노 신부)는 7월 22일 부안 해창갯벌에서 새만금 상시 해수 유통을 촉구하는 첫 월요 미사를 봉헌하고 성명서를 발표했다.[…] 70여 명의 교구 사제와 100여 명의 수도자, 600여 명의 신자들이 참례했다."

해창갯벌은 네비게이션 앱에 표기되어 있지 않아서 찾아오기가 쉽지 않다. 예전에는 광활한 갯벌이었지만 지금은 매립되어 조개 껍질이 섞인 바닥에서는 마른 먼지가 피어오른다. 컨테이너 구조물만 덜렁 있는 해창갯벌에서 미사를 올리기 위해서는 여러 준비가 필요하다. 적어도 여덟이나 열 개 이상의 천막과 그늘막을 치고, 플라스틱 의자를 하나하나 깔아 놓고, 신부님들이 미사를 집전할 수 있는 간이 제대를 마련한다. 마이크와 스피커를 설치하고 간이 키보드에 전선을 연결한다. 미사의 이름과 내용이 적힌 현수막을 걸고, 문정현 신부님의 서각을 꺼내 세워둔다. 한 시간 정도 운전해서 오는 나는 미사를 시작하기 직전에야 도착하는 통에 누가 무엇을 어떻게 준비하는지 알지 못했다. 미사 중에는 천막에서 멀찍하게 떨어진 곳에서 한숨 돌리고 있던 평화바람의 구중서, 새만금시민생태조사단의 오동필, 새만금신공항백지화공동행동의 김연태 공동대표와 현철씨가 미사 끝나면 묵묵하게 천막을 비롯한 모든 비품을 철거하고 정리하는 모습을 보았을 뿐이다.

나는 김연태 대표님의 나이를 가늠하기 어렵다. 초보 농사꾼이라는 소개말만 들으면 지역으로 내려온 이주 장년인가 싶지만, 은퇴 이후에야 농사를 시작했다고 하니 장년을 지난 것 같기도 하다. 그러나 천막 치고, 천막 치우고 하는 일들에 제일 먼저 앞장서 몸을 쓰는 것을 보면 언제나 청년의 몸가짐이라 보는 내가 민망하다. 깊고 낮은 진중한 목소리는 젊었을 때도 다르지 않았을 터이니 그를 청년 시절에 만났어도 장년의 이미지를 받지 않았을까 싶다. 누구를 만나던 합장하듯 두 손을 가슴 앞으로 모아 고개를 깊이 숙여 인사를 건네니 그 앞에서는 저절로 몸가짐을 다소곳하게 챙기게 된다. 전북지방환경청 앞에서 ‘환경영향평가에 부동의하라’는 피켓을 들고 서 있는 선전전을 할 때도 그는 더없이 정중하다. 차를 타고 지나가는 환경청 직원의 귀에 들리지도 않을 텐데 “안녕하세요”, “부동의하세요”, “안녕히 가세요”하고 소리 내어 인사한다. 그런 연태 대표님이 ‘새만금 상시 해수유통’의 필요를 알릴 수 있는 편지를 써달라고 부탁하신 일이 있었다. 내가 뭐라고 그런 글을 쓰냐고 한사코 고개 저었지만, 연태 대표님의 부탁을 거절하기는 정말 어렵다. 결국 수신인을 내 마지막 지도교수로 상정하고 쓴 글을 건네니, 연태 대표님은 이것을 손으로 옮겨 적어 곳곳의 중요한 자리에 있는 분들께 보내겠다고 했다. 납득가질 않았다. 손수 쓰는 정성을 깃들일만큼 중한 글은 대표님이 직접 작성하는 게 마땅하고, 어쩔 수 없이 내 글을 사용한다면 손글씨가 아니라 복사를 이용하는 게 낫다고 생각했다. 결국 내가 쓴 글을 손글씨로 옮겨 적어 몇 통 발송한 것으로 안다. 그는 진심의 사람이다. 생활이 기도인 사람이다.

진심이 담긴 기도가 모이면 힘이 된다. 폭염을 뚫는 힘이 솟는다. 그래도 덥기는 더운 날이다. 그늘에 앉아도 덥다. 아이스박스에 준비한 얼음물은 금방 동이 난다. 급하게 오느라 빈손이었던 어느 날, 마후라 박지선님이 주었던 얼린 물은 황금보다 귀했다. 특히 그가 건네준 얼음물병은 얇은 타올천을 직접 바느질해 만든 싸개를 두르고 있었다. 녹아내린 물방울을 잡아주는 타올 싸개 덕분에 물병을 이마에 팔에 문지르며 더위를 시원하게 날려버릴 수 있었다. 돌려주려 하자 대수롭지 않다며 그냥 가지라 하였다. 손재주 좋은 마후라님은 새사람행진에서 새모자의 업그레이드 버전인 고둥모자를 만들어 선보이기도 했다. 여왕님의 화려한 왕관 같은 모자는 갯벌의 바닥을 기어 눈에 띄지 않던 저서생물을 하늘 높이 세워주었다. 수라갯벌 길라잡이 교육과정 동기이기도 한 마후라님은 내게 미스테리한 인물이다. 집회가 한창 진행되고 있을 때는 느릿한 말투로 '연설이 길어유~' 하고 중얼거리며 고개를 돌리고, '구호가 요란혀~' 하고 구시렁대니 마치 교실 뒷자리에서 따분하게 잠만 자는 학생 같아 보인다. 그렇게 소박한 미소와 뚱한 표정을 보이던 사람이, 어느 순간에는 가장 열렬하게 분노하며 뜨겁고 날카롭게 외치는 얼굴로 변신한다. 그 역시 치열한 운동과 투쟁의 현장에서 온몸을 불살랐던 투사가 아니었을까. 물어봐도 '그런 거 아니에요~' 하며 배시시 웃기만 할 것 같아서 물어보지 않았다. 그저 덥고 추운 날에 굴하지 않는 기도의 자리에서 반갑게 인사하며 만나고 있다.

물, 깨끗하고 귀한 물 때문에 시작한 미사였다. 생명의 생존을 위해 절대적으로 필요한 물을 지켜야 했다. 방조제 안에 갇힌 새만금의 물이 심각하게 썩어가고 있었다. 공중에서 내려다보면 방조제 내측과 외측의 색 차이가 선명했다. 나는 '새상추(새만금 상시 해수유통 추진단)'에 가입하여 서명운동에 몰두했다. 말 그대로 새만금 방조제에 있는 두 개의 관문을 하루 2번 열고 닫는 것이 아니라 하루종일 열어서 바닷물이 오가게 하자는 서명을 받는 운동이었다. 어느 자리를 가든 서명지를 들고 다녔다. 전주교구 신부님과 신자들이 해창갯벌 미사와 서명운동에 큰 힘을 실어 주었다. 날은 더웠지만 미사는 따뜻했다. 옆에 앉은 신자들이 하는 움직임을 따라 부지런히 앉았다 일어났다 하고, 신부와 성도가 주고받는 기도문을 따라 입술을 달싹였다. 내 탓이오, 내 탓이오, 내 탓이로소이다. 자비를 베푸소서, 자비를 베푸소서, 자비를 베푸소서. 그리고 마지막으로 서로에게 나누는 인사. 평화를 빕니다. 평화를 빕니다. 평화를 빕니다. 반복적인 의례, 그 리추얼이 주는 안정감에 몸을 맡기면 불안과 분노가 가라앉고 조용한 기도의 마음이 내 안으로 모여지는 것이 느껴진다.

미사를 올리는 부안 해창갯벌은 새만금의 복원을 기원하는 장승 수십 개가 세워져 있어서 장승갯벌이라고도 부른다. 군산에서 이곳에 오려면 새만금 매립 공사 현장과 수라갯벌을 지나게 된다. 해창갯벌에 이르기 직전에 '잼버리경관쉼터'라는 곳이 있다. 고속도로 휴게소보다 쾌적한 화장실과 그늘을

드리운 정자가 있는 곳이다. 그곳에서 너른 땅과 그 너머의 수평선을 조망할 수 있다. 나무 한 그루 없이 푸른 소먹이용 풀이 넘실넘실 자라고 있다. 불어오는 바람이 몹시 시원해서 바로 그곳이 세계스카우트 대원들이 생고생했던 야영지였다는 사실을 잠시 잊고 만다. 이곳의 이름은 '바람모퉁이'다. 백 년 전에 사라진 옛 이름이 아니라, 고작 몇 년 전까지도 마을 사람들이 부르던 이 이름을 쓰지 않고 '잼버리경관쉼터'라고 말뚝 박는 이유는 무엇일까. 세계적으로 망신당했던 기억을 없앤 듯이 태연하게 잼버리 운운하는 것처럼 여기가 너른 갯벌이었고 바지락과 백합 같은 풍요로운 조개 산지였으며 뭇 생명이 존재했었다는 기억을 없애고 싶은 것일까. 미사를 올리며 일어났다가 앉을 때마다 플라스틱 의자가 바닥의 마른 흙을 끄는 소리가 거슬린다. 지금 내가 밟고 있는 이렇게 단단한 땅이 갯벌이었다는 사실이 쉬이 믿기지 않았다. 2003년 새만금 사업 중단을 기원하며 문규현 신부님이 수경 스님, 김경일 교무, 이희운 목사와 함께 4대 종단의 성직자 대표로서 서울까지 삼보일배로 향하는 기도를 시작했던 곳이 바로 이곳이었다.

미사가 끝나고 회색 의자를 차곡차곡 쌓아 치우고, 미사를 위해 꺼내놓았던 물품을 임시로 보관하기 위해 컨테이너에 넣어 옮기는 것을 돕고 나서 신부님들과 한담을 나눴다. 문규현 신부님이 이십여 년 전에 바로 이곳 해창갯벌 컨테이너 운동본부에서 주무시던 기억을 풀어놓았다. 눈을 휘둥그레 뜨며 못 믿겠다는 말이 튀쳐나온다. "여기가요? 여기서 바닷물 소리가 들려요?" 마른 흙에서 온전한 조개 껍질을 쉽게 주울 수 있었지만 그래도 믿을 수가 없었다. 빠르게 자라나는 아카시아 나무 몇 그루와 풀이 우거진 이곳에 바닷물이 찰랑거렸다고 한다. "그럼, 저 장승의 허리춤까지는 물이 들어왔을걸." 형님인 문정현 신부님이 말을 거들어줘도 상상이 가질 않았다. 단단한 땅이 도로 너머까지 이어지고 있는데 바다가 들어왔다니? 평화바람에서 제작한 2000년대 영상을 보고서야 조금 실감이 갔다. 장승 수십 개가 세워진 것을 보니 해창갯벌이 맞다. 컨테이너가 있는 위치를 봐도 해창갯벌이 맞다. 영상 속의 바다가 우리가 미사 올리며 먼지를 피워 올렸던 그 자리를 가득 채우며 넘실거린다. 저 바다는 어디로 갔는가. 바다는 요 앞까지 찰랑찰랑 들어왔다가 저 멀리 나갔어도 다시 들어왔었다. 항상 돌아오는 바다에 의탁하여 집을 짓고 살았던 조개, 게, 망둥어, 도요새, 물떼새, 어선과 어민들. 이들은 어디로 갔는가. 미사에 모여 마음을 모은다. 다시 바다가 돌아와야 한다고. 그렇게 되어야 한다고. 그렇게 될 수 있다고.

갯벌의 바다 소리를 지키고자 동생 신부님은 65일에 걸쳐 305킬로미터를 엎드려 걸었다. 하나, 둘, 세 걸음을 딛고 엎드려 땅에 무릎과 머리를 대어 절하고 다시 일어나 하나, 둘, 세 걸음을 딛고 엎드려 절하며 걸었다. 엎드리면 다시 일어날 수 있을까, 일어나면 다시 엎드릴 수 있을까, 이러다 죽는 것 아닌가 싶어 형님 신부님은 엉엉 울면서 동생 신부의 모습을 카메라에 담았다. 그는 저녁 숙소에 돌아와 영상을 편집하면서 또 엉엉 울었다. 그렇게 쏟은 눈물과 피땀으로 지키지 못했던 갯벌에서, 아직 남아 있는 갯벌과 물은 살릴 수 있다고 지붕 없는 땅의 성당에서 미사를 올리고 기도를 새긴다. 헌신적인 성직자는 진짜배기 활동가임은 당연한 걸까. 이들도 사람이고 성직도 직업이라 할 수 있을 텐데 어찌 자신을 던져 엎드리고 험한 길로 나설 수 있을까. 생명의 일에 제 생명을 다하는 것을 당연한 여긴 사람이라 그러한가. 가끔은 영화에서 본 장면이 생각난다. 교황 앞에 무릎을 꿇고 바들바들 떨며 그 손에 입 맞추는 신자들처럼 형제 신부님들 앞에 엎드려 최대한의 예를 갖춰 경의를 표하고 싶은 충동이 일어난다. 혈기 왕성할 때는 버럭버럭 무섭게 호통치고 화를 내며 산천초목을 벌벌 떨게 했으리라. 지금도 마이크를 쥐면 좌중을 휘어잡는 카리스마가 넘친다. 그래도 더 자주 뵙는 것은 흰 수염 날리는 다정한 할배들의 모습이다. 만나면 환한 미소로 눈 맞추며 손을 내밀어 맞잡아 주신다.

문정현 신부님은 선전전이나 팽팽문화제에서 나를 만나면 정말 반갑게 인사를 건네주신다. 그리고는 꼭 묻는다. "강 시인은?" 처음에는 "중한 일이 있어 오늘은 못 온대요" 하던 대답들이 점차 "저도 몰라요"로 짧아졌다.(실제 모르기도 했다. 설마 알면서 모른다고 했겠는가!) 노상 강형철 선생님만 기다리고 계신 건가, 나는 반갑지 않으셨던 건가. 신부님이 내 얼굴을 알아봐 주고 내 이름까지 기억해 주시더라는 황송함은 잊고 어느새 욕심처럼 서운함이 올라왔던 게다. 그런데 얼마 전, 군산 사시는 앵두님이 신부님을 만난 에피소드라며 들려주었다. 전북지방환경청 앞에서 신부님을 뵙고 인사를 하는데 자신의 안부는 안 묻고 "김규영이는 어디 갔나?" 하며 찾으시더란다. 다시 황송해질 만큼 기분이 좋아졌지만, 전부터 신경 쓰이던 신부님의 한숨 소리가 생각났다.

"나 외로워."

많은 사람이 신부님을 존경하고 따르지만, 신부님은 언제나 사람을 그리워하고, 여전히 사람을 기다리고 있다. 하나님의 말씀을 따르는 사제로서, 제 땅에 뿌리 내린 삶을 사는 사람으로서, 땅이 죽어가고 사람이 죽어가는 소리를 듣고만 있을 수는 없었다. 생명을 살게 해야 한다는 당연한 명제는 그를 노동운동과 평화운동, 생태운동의 길로 나서게 했다. 그러나 몇십 년을 길에서 보냈는데도 세상의 모습이 바뀔 기미가 보이지 않았으니 지치고 허탈하여 마음이 춥지 않았을까. 그가 나선 길을 함께 걷는 사람이 하나라도 더 있다면 마음에 온기가 돌 것이다. 팽팽문화제에, 한길문고 사거리 선전전에, 해창갯벌 월요 미사에, 어느 자리든 지금 앞에 있는 사람이 그에게는 더없이 반갑고 귀하리라. 하지만 그와 함께 왔던 동료, 그와 가까이 살던 이웃도 함께 왔더라면 얼마나 더 좋을까. 마치 전날 왔던 그 얼굴이 눈앞에 어른거리는 것 같아서 그는 그 자리에 없는 사람의 이름을 자꾸 찾아 물어보았으리라.

자주 신부님을 뵈면 외롭다는 말씀을 덜 하시려나. 그는 1966년에 서품을 받았다. 오랜 세월 사제로 살았다. 인혁당 사건으로 다리에 장애를 얻은 것도 어느새 50년이 되었다. 무도한 법정이 사형을 선고하자마자 몇 시간 만에 목숨을 잃은 무고한 시신을 지키려다가 차에 다리가 깔렸던 일이 반세기 전이었다. 그는 한숨 쉬듯 말했다. 같이 서품받은 동기 사제 중에 살아있는 사람이 몇 안 남았다고. 곧 내 차례라고. 갈 때가 얼마 안 남았다고. 외롭다는 말씀을 들을 때보다 몇 배나 난감하다. 나는 신부님을 이제야 알았는데, 곧 가신다니 어딜 가신다는 말인가. 어떻게 대답해야 할지 몰라 많이 허둥댔다. 신부님 오래 사실 테니 염려 마셔요, 하기도 했고, 입 꾹 다문 채 다른 이야기 나오기를 기다리기도 했다. 장례미사 준비는 해놓으셨냐고 차라리 당돌한 질문을 드리기도 했고 신부님 안 계시면 절대 안 된다고 투정도 부렸다. 내 대답은 필요 없었다. 그것은 외롭다는 한숨과 다르지 않으니 나는 말이 아니라 행동으로 신부님 곁에 있으면 될 일이다. 생명이 생명으로 살게 하고자 하는 바람으로 신부님이 걷고 있는 길은 또 하나의 생명인 나의 바람이기도 하며 우리가 가야 할 길이 아니겠는가.

지난해, 뉴질랜드를 다녀왔다고 하니 당신도 뉴질랜드를 다녀왔었다며 옛이야기를 들려주었다. 북섬에 있는 작은 온천 마을 로토루아에 머물렀던 옛 기억을 떠올리며 "참 좋았지" 하시는 미소가 좋았다. 팽팽60분을 준비하며 꺼내둔 김종철 선생 책을 들춰보면서 "이 양반 글, 내가 참 좋아하지" 하던 미소를 받고 내 입가에도 그를 닮으려는 미소가 피어난다. 신부님 곁에서는 담배 한 모금의 연기도 구수하고 소주 한 잔도 달큰하다. 어서 이 원고를 끝내고 불쑥 신부님을 찾아가 좋았던 이야기를 들려달라고 졸라야겠다.

4. 복닥복닥 야채 동지들과 함께

오이와 흑미가 순천역에 내렸을 때, 남도의 땅은 은은했다. 나무를 지나치고 나서야 퍼지는 은목서향으로 정신이 아찔해지는 푸른 하늘의 11월 늦가을이었다. 휴일도 없고 이벤트도 없는 11월을 각별하게 여기게 된 것은 오래전 〈11월〉이라는 연극을 보고 난 다음부터다. 배삼식 작가의 초기 희곡으로 여동생과 살아가던 가난한 청년이 현장 사고로 목숨을 잃은 복잡한 사연을 윤정섭 연출이 실물 크기 인형을 활용해 은유적으로 풀어낸 작품이었다. 관극을 한지 이십 년이 넘어 내용은 어렴풋하지만, 죄의식과 애도, 삶과 죽음의 관계를 보여준 몇 개의 상징적 장면은 아직도 강렬하게 남아 있다. 그때 위령성월이라는 것을 처음 알았다. 가톨릭에서는 11월을 세상 떠난 모든 이의 영혼을 위해 기도하고 봉헌하는 시기로 잡고 있었다. 따뜻한 바람이 포근하여 기차를 타고 가는 짧은 주말여행에 들떴다. 발랄하게 활짝 웃고 있었지만 기억하고 있었다. 11월이었다.

오이는 평화박물관 관장이고 평화바람의 식구다. 평화바람부는 여인숙 시절, 무뚝뚝한 더덕과 달리 꼼꼼하고 친절하게 공연을 위해 필요한 준비를 챙겨준 사람이 바로 오이였다. 평화바람 식구들의 활동명은 수시로 바뀌지만, 현재는 문열심, 더덕, 오이, 딸기, 완두로 부르고 있으니 영락없는 야채박물관이다. 무지개독서회에서 오랫동안 쓰고 있었던 흑묘라는 이름을 내밀었더니 야채박물관에 고양이를 들이기 곤란하다며 너스레를 떤다. 길게 고민하지 않고 흑미로 변신하겠다고 선언한 것이 한길문고 사거리 선전전을 마쳤던 어느 날의 수다였다. 평화바람 주변에는 다래, 앵두, 상추, 해초, 작두, 감자, 가지가지 등 변신한 이들이 우글거린다. 내 이름은 왜 여기에 적지 않았냐고 와글와글 대는 변신인들의 목소리가 벌써 귀에 쟁쟁 울려 시끄럽다. 다시 순천으로 돌아가서 쫄래쫄래 오이를 따라 〈미디어로행동하라 in 새만금〉 영화 상영회에 참석하러 온 흑미의 이야기로 돌아가 보자.

하제마을의 팽팽문화제를 비롯해서 한길문고 사거리 선전전, 해창갯벌과 전북지방환경청 길거리 미사와 천막농성장, 그리고 새사람행진까지, 다양한 자리가 벌어질 때마다 카메라가 많았다. 방송국과 신문사에서 우리 이야기에 이렇게 관심이 많았던가? 전국적으로 얼굴이 알려지는 건 부끄럽지만 이왕 나올 것이라면 잘 나와야 할 텐데 어떤 표정을 지어야 좋을까? 그렇게 의식했던 카메라는 어디로 갔는지, 정작 현장을 찍던 사진과 영상을 확인할 기회는 생각보다 많지 않아 의아했었다. 그중 일부가 드디어 자신의 정체를 드러냈으니, 바로 '미디어로 행동하라'였다. 그들은 사회적으로 중요한 사안이 일어나는 현장을 기민하게 포착하고 반드시 기록할 필요에 공감하여 그곳에 일시적으로 카메라를 집중하는 프로젝트팀이다. 삼척, 제주, 상주 등에 이어 이번에는 새만금을 찾아온 것이다. 프로젝트와 별개로 이미 꾸준히 새만금과 군산 또는 평화바람에 관심을 두고 오랫동안 인연을 맺어온 감독들이 대부분이었다. 여러 명의 감독이 각자의 시선으로 담은 기록물을 한 편의 다큐멘터리로 엮은 옴니버스 영화를 상영하는 자리였다. 나는 〈새, 사람행진단〉 참여자로 초대받았고, 그렇게 초대받을 만큼 〈새, 사람행진〉은 2025년 새만금에서 중요한 활동이었다.

오이도 〈새, 사람행진〉에서 줄곧 소형 카메라를 들고 있었다. 시장에서 가성비 좋게 구입한 밭일용 햇빛 가리개 모자는 거리에 나선 그의 오랜 경력을 짐작할 수 있는 능숙한 차림이었다. 작은 꽃무늬가 자잘하게 깔린 모자는 오이가 늘 걸치고 있는 몸자보와 잘 어울렸다. 어깨로 연결된 가슴판과 등판을 옆구리에서 끈으로 이어서 입고벗기 간편한 그의 몸자보에는 '도요도요 도요새 팽팽 팽나무야'라는 헝겊 글자가 바느질로 꼼꼼하게 박혀있었다. 행진 출발을 준비하며 전북지방환경청 천막에서 완두가 부지런히 바느질하던 '작품' 중 하나였다.

〈새, 사람행진〉은 가장 뜨거운 8월 둘째 주에 출발했다. 문정현 신부님이 앞장선다고 하니 걱정하는 소리가 컸었다. 신부님이 아니더라도 이런 날씨에 어떻게 길을 걷느냐고 만류하는 소리도 많았다. 더위에 탈진해 쓰러질 수 있다는 위험은 걷는 사람들이 제일 잘 안다. 그러니 오죽하면, 오죽 답답하면 땡볕에 걷겠다고 나섰겠는가. 새만금신공항 건설을 막기 위해 '새만금신공항건설백지화공동행동'(백지화)은 갖은 노력을 다했다. 중앙부처와 지자체에 민원과 탄원을 넣은 것은 물론, 실무 담당자와 만나고, 국회의원, 도의원, 시의원에게 호소하고, 수차례 기자회견을 열어 과학적으로, 경제적으로, 사회적으로 부당하다는 사실을 조목조목 짚어냈다. 그래도 공항 건설을 위한 행정 절차는 멈추지 않고 고집스럽게 착착 과정을 밟아가고 있으니, 간절한 마음으로 취소 판결을 요구하는 소송을 시작했고, 환경부와 국토부가 있는 세종시에서 천막농성을 시작했다. 해당 사업이 환경에 영향을 미치게 될 요인을 분석한 '환경영향평가'에 환경부가 '동의'를 결정했고, 절차대로 환경영향평가서는 다음 단계로 넘어왔다. '부동의'를 주장하는 천막농성장도 세종시를 떠나 전북지방환경청이 있는 전주 혁신도시로 따라 넘어왔다. 법의 판단을 묻기 위해 소송을 걸어둔 상태지만 '부동의'가 결정되면 일단 공항 건설을 위한 행정 절차가 멈춘다. 누구보다 간절하게 부동의를 외치던 문정현 신부님은 2025년 봄, 전북지방환경청 앞에서 크게 외치기에 이른다.

"나 오늘부터 여기에 있을 거야!"

그렇게 3월 말부터 전북지방환경청 앞 천막농성장으로 그의 출퇴근이 시작된다. 세종시에 있을 때부터 누군가 한 사람은 잠을 자며 밤의 천막을 지켰듯이 첫날 그 역시 텐트에서 주무셨다. 그러나 도로를 울리는 진동과 소음, 그리고 봄이 다가와도 맹렬했던 추위로 인해 구순을 바라보는 노구가 상할까 크게 염려되었다. 극구 말리는 주변의 간청을 따라 그는 새벽 6시 출근, 저녁 8시 퇴근하는 스케줄로 양보해 주었다. 환경청 직원이 출근을 시작하는 8시, 점심을 먹는 12시, 퇴근하는 6시에 맞춰 한 시간씩 피켓 선전전을 하고, 나머지 시간에는 천막에서 서각기도에 집중한다. 단단한 나무판에 조각칼과 끌과 망치로 톡톡톡 톡톡톡 새를 닮은 소리를 내며 글과 그림을 새기는 것이 그의 기도다. 하나 새겨줄 테니 좋아하는 문구를 말해 보라는 말씀을 들었지만, 감히 신부님에게 요청할 만한 딱 한 줄이 아직도 떠오르지 않았다. 그저 대수롭지 않아 보이던 문구가 신부님의 서각으로 나타나면 빛나는 한 줄이 되는 것을 신기하게 지켜보았다. 나는 천막 농성장이 세종시에 있을 때는 딱 한 번, 500일째 되는 날 찾아갔다. 그때 길거리 미사에 처음 참여했고 알 수 없는 이유로 감동해 펑펑 울었더랬다. 그 천막농성장이 40여 분 거리로 가까워졌다. 멀다고 핑계 댈 것도 없으니 자주 가야겠다고 다짐했지만, 충분히 가지 못한 부족한 마음이 늘 죄송할 따름이다.

전북지방환경청에서 '부동의'와 '백지화'를 부르짖었지만 세상은 들은 척도 하지 않았다. 여름이 시작되고 답답증으로 가슴이 꽉 막혀갈 무렵, '새만금신공항 취소 소송'의 결심 재판일이 9월 11일로 잡혔다. 어떻게 될까. 어떻게 해야 하나. 완두는 일어서자고 했다. 농성장에 주저앉은 채로, 가만히 있는 채로, 판결을 들을 수 없었다. 재판이 있을 때마다 서울 가서 방청석에 앉아 있는 것은 참으로 무력한 경험이었다. 판결조차 그렇게 들을 수는 없는 노릇이었다. 일어나야 했다. 완두는 가만히 있지 않는 사람, 움직이는 사람이었다. 한길문고 사거리 선전전에서도 한 시간 동안 한 자리에 서서 가만히 피켓 잡고 서 있는 것을 답답해했다. 사람들이 보고 있는지, 듣고 있는지, 반응을 알 수 없었다. 노래를 부르거나, 춤을 추거나, 어떻게든 방법을 찾으려 했다. 민경이 팽팽문화제에 '넬켈라인 댄스'를 가져왔을 때 완두는 정말 신나라 했다. 그것은 피나 바우쉬의 무용극에서 선보인 안무의 일부로 사계절을 표현하며 여러 사람이 줄을 지어 걸으며 추는 춤이었다. 간단하여 몇 분 만에 금방 익힐 수 있어서 누구나 함께 할 수 있어 아름다웠다. 완두는 피켓 선전전에서도 연극을 하면 어떠냐, 춤을 추면 어떠냐며 이런저런 제안을 했고, 내게도 좋은 생각 말해 보라고 몇 번이나 채근했지만 나는 꼬리치는 강아지마냥 눈만 껌벅이면서 움직일 신호가 떨어지기만을 기다렸다.

그리고 신호가 떨어졌다. 판결의 자리까지 도로를 밟아 걸어가는 〈새, 사람행진〉 계획이 세워진 것이었다. 하루에 10-15킬로미터 정도 차근히 걸어서 서울행정법원 앞에 이르는 도보 행진이었다. 빠르게 갈 필요는 없었다. 충분히 휴식을 취하면서 안전하게 서울로 향하기로 했다. 완두는 수라갯벌에서 행진 출발을 선언하며 질문을 던졌다. '법이 큰뒷부리도요를 지킬 수 있을까?' 뉴질랜드에서 새만금까지 9천킬로미터를 일주일 동안 쉬지 않고 날아오는 새, 큰뒷부리도요를 법이 구할 수 있을까? 단 한 번의 휴식으로 한반도의 서해 갯벌에서 지친 몸을 회복한 후, 시베리아로 날아가 겨울을 나고 다시 뉴질랜드로 돌아가는 새, 큰뒷부리도요를 뉴질랜드의 마오리족은 쿠아카라고 부른다. 그들은 쿠아카를 자신의 조상이라고 여겼다. 새만금 사업으로 쿠아카가 위기에 놓인 것을 알고 죽음의 사업을 만류하기 위해 새만금까지 찾아왔었다. 해창갯벌에 마오리족의 문양대로 조각한 장승을 세우며

기도했었다.

한 생명의 생태를, 제 모양대로 살아가는 상태를 인간의 법이 멈추게 할 수 있을까, 꺾어 버려도 되는 걸까. 인간의 사회를 지킨다는 법의 이름으로 쫓겨나고 쫓겨난 사람들, 생명들은 이미 수없이 많았다. 그렇게 쫓겨나기를 반복했으니, 또 그러해도 괜찮은 걸까. 손 놓고 지켜만 봐도 괜찮은 걸까. 내 차례가 되어도 괜찮은 걸까. 완두의 질문은 연이은 의문을 품게 했다. 애초에 법의 시작은 무엇이었고 법의 역할은 무엇이었을까. 삶과 노동을 죽이고, 공동체와 생명을 살리지 않는 법의 존재 의미는 무엇일까. 우리는 큰뒷부리도요를 법으로 지킬 수 있을까, 법에 의지할 수 있을까, 법에 기대하는 것이 옳을까. 그러니 우리의 선언은 이렇게 이어졌다.

우리는 사랑을 포기하지 않습니다.
우리는 생명을 포기하지 않습니다.

〈새, 사람행진〉의 깃발이 올랐다. 풀지 못한 질문을 마음에 품고 길을 나섰다. 군산 농민회가 잘 지키고 있을 테니 염려 말라 했던 전북지방환경청 천막을 뒤로 하고 길을 나섰다.

수라갯벌에서 우리의 질문과 우리의 다짐을 크게 선언했다. 흐린 하늘 위로 황새가 날아올랐다. 긴 부리를 앞으로 뻗고 긴 다리를 뒤로 뻗으며 긴 날개를 양옆으로 활짝 벌린 황새가 새사람행진단 앞으로 가까이 날아올랐다. 수라가 힘껏 응원하고 있으니 든든하다. 이제 260킬로미터의 길을 즐기며 나아가기만 하면 된다. 행진의 선두는 큰뒷부리도요새였고 행진 팀장은 딸기였다. 얼마 전 제주생명평화대행진을 마치고 돌아온 그는 행진 전문가였다. 마이크를 잡고 행진에서 기억해야 할 안전지침과 주의사항을 꼼꼼히 일러주었고, 뜨거운 연설로 우리가 걷는 이유를 일깨워 주었으며, 라디오 디제이처럼 음악과 인터뷰로 걸음을 흥겹게 해주었다.

평화바람의 젊은 피, 딸기는 못하는 게 없었다. 나만큼 노래 실력이 좋지 않지만 하고 싶은 노래를 마음껏 내지르니 언제나 큰 박수를 받는 무대의 실력자다. 평화바람 식구들은 딸기의 음식솜씨를 자랑했고, 평화박물관에는 그가 손으로 만든 '굿즈'들이 진열되어 있다. 전북지방환경청 천막농성장의 지루한 시간을 때우기 위해 우리는 소소한 활동을 이어갔었다. 나는 라틴아메리카의 역사와 민중의 고통을 저널리즘적 시각과 시적 감수성으로 엮어낸 우루과이의 언론인 에두아르도 갈레아노의 책을 들고 가 틈틈이 낭독했다. 팽팽문화제에서도 멋진 활약을 이어가는 풍물팀 팽수도 흥겨운 소리로 우리 상황에 딱 맞는 노랫말을 만들어 어깨를 들썩이게 했다. 그리고 딸기는 바느질 공방을 마련해 조그만 새 인형을 만드는 법을 가르쳐 주었다. 눈이 침침해 바늘귀가 안 보인다고 투덜대고, 미리 잘라 둔 날개 조각이 없어졌다고 칭얼대는 평균 나이 40-50의 수강생들을 돌보느라 딸기의 한숨이 자꾸 길어졌다. 그때 만들었던 도요새는 선물로 주었고, 저어새는 한 번도 씻지 못한 채 가방에 달려서 때가 잔뜩 묻었지만 어엿한 완성품이다.

딸기 디제이의 선곡에 따라 혈관이 꿈틀댄다. 발은 알아서 제 갈 길로 움직이고 엉덩이가 들썩들썩, 어깨가 들썩들썩 움찔거리며 몸이 내 말을 듣지 않는다. 손에 쥔 악기가 없으면 맨손이라도 흔들어대니 걸음은 어느새 춤이 되어 간다. 신이 오르면 스피커 소리가 닿지 않아 터벅터벅 얌전히 걷고 있는 대열의 뒤로 달려가 오홋 오홋 외치고 그들이 잃어버린 흥을 돋운다. 이렇게 흥을 주체하지 못하고 날뛰는 행진단원을 흥진단이라 불렀지만, 그중에서도 완두만 한 흥 보유자가 없다. 그는 도무지 나이를 가늠하기 어려운 얼굴로 힘들다고 짜증 낼 때에도 그의 눈은 빛을 잃지 않는다. 반짝거리는 그 깊고 까만 눈을 들여다봐야 단단한 세월의 무게를 엿볼 수 있다. 도대체 완두 당신은 언제부터 흥이 넘쳤던 것이냐고 묻자, 어릴 때부터 그랬다고, 별명이 까불이였다고, 노동운동 하면서 빳빳하게 경직되더라고 했다. 그 굳은 몸은 평화 바람을 타고 본래의 흥으로 풀려났을 것이다. 그는 즐거운 것, 아름다운 것을 좋아한다. 집회와 행진과 투쟁의 현장도 즐겁고 아름답기를 바란다. 그가 만든 현수막은 인쇄소에서 출력한 일회용과 질적으로 다르다. 조각보를 만들 듯이 헝겊으로 색을 골라 광목천에 조형적으로 배치해 글자를 만든다. 마음에 바라는 바를, 사람들과 나누고 싶은 바를 정성을 들인 글자로 한땀 한땀 박아낸다. 새사람행진 몸자보도 그렇게 태어났다. 여름에 입어도 좋도록 가볍고 시원한 천에는 예쁜 레이스 무늬도 달렸다. 내 마음의 소망을 분홍빛으로 푸른빛으로 바느질해 내 몸에 걸칠 옷에 담는다. 거리 행진을 의아하게 바라보는 시민들에게는 '새만금신공항취소하라!'라는 주장이 굵은 활자로 적힌 인쇄물이 뜻을 전달하는 효과가 좋겠지만, 나도 플라스틱 활자 몸자보보다 손으로 만든 예쁜 것이 좋았다. 완두의 한정판 몸자보는 행진의 전 일정을 참여하는 단원들만 입을 수 있었다. 누군가 완두에게 묻는 말을 엿들었다. 어떻게 이렇게 잘 해? 음식도 그렇고 바느질도 그렇고? 그러자 완두가 말했다.

"우리는 세상의 이름을 구하지 않았으니까. 그냥 살았으니까. 살다 보니까."

이름난 자리에 올라 뭇 사람에게 알려지는 명예를 얻은 것만 '세상의 이름을 구한 것'이 아니었다. 학교 다니며 공부하고, 좋은 성적 받으려고 노력하고, 공부한 것을 써먹으며 취직하고, 취직해서 돈벌려 하고, 돈벌어서 좋은 집에서 잘 먹고 살려고 노력하고 하는 그 모든 것이 세상의 이름을 구하는 것이 아니고 무엇이었던가. 나는 무엇을 알기 위해 공부를 했고, 무엇에 쓰려고 돈을 벌었던가. 내가 무엇으로 사는지, 무엇을 위해 사는지, 내가 살기 위해 살았던 적이 있었던가. 내 입에 들어가는 음식을 내 손으로 챙기고, 내 몸에 걸치는 옷을 내 손으로 꾸미는 것이 사는 일이었다. 완두는 제 삶을 살아왔기에 제 몸을 쓸 줄 알았으며, 몸이 익힌 기술은 삶을 위해 쓰일 수 있었다.

완두 이야기에 고개를 끄덕이며, 딸기의 호령에 몸을 들썩이며, 오이의 카메라에 웃어 보이며 신나는 행진을 따라갔다. 출발 지점에서 함께 호령하듯 크게 외치고 발을 움직였던 신부님의 걸음은 차츰 느려져 뒤로 쳐졌다. 지팡이를 짚고 절뚝이는 발을 차량으로 옮겨 휴식터에 먼저 닿았다. 연신 흘러내리는 땀을 닦으며 걷던 행진단에게 곧 휴식터에 이른다는 소식이 전해진다. 멀리 나무 그늘 아래에서 서각기도를 이어가는 그의 모습이 보인다. "신부님~! 신부님~!" 행진단은 어미새를 향해 모여드는 아기새처럼 신나게 폴짝이며 그의 품으로 날개를 접고 들어간다. 우리는 커다란 그늘 아래 앉아 땀을 닦고 물을 마시며 숨을 고른다.

＊ ＊ ＊

쿠아카 행진단은 매일 길을 이어갔고, 나는 집을 오가며 몇 번씩 행진을 좇아갔다. 흥진단원으로 신나게 까불며 춤추고 걸었지만, 마음은 무거웠다. 패소를 각오했지만 패배를 감당할 자신이 없었다. 평생 이기는 싸움이 없었다는 문 신부님처럼 실패에 맞설 용기가 없어 두려웠다. 집안에 일이 생겼다거나, 몸에 이상이 생겼다거나, 온갖 사소한 핑계를 끌어모아놓고 냉큼 도망갈 것 같았다.

불안한 마음이 가라앉은 것은 행진단이 남태령을 넘어가는 날이었다. 〈기후 재판소〉 법정을 지키고 있었던 노란 피켓을 들고 열을 맞춰 남태령에 서니, 지금껏 걸어온 길들이 생각났다. 전북지방환경청 천막농성장을 출발하고 수라갯벌에서 선언하던 날, 금강의 물줄기를 따라가며 서천갯벌을 지나간 날, 동학군의 피울음이 묻힌 우금티 전적비에서 출발하던 날. 그리고 이곳 남태령에서 우리는 외쳤다. "함께 넘자, 함께 열자"라고. 피켓에는 '동지'라는 단어와 이미 지구상에서 멸종한 생물종의 그림이 그려져 있다. 새, 사람행진은 황새, 저어새, 검은머리물떼새, 흰발농게, 대모잠자리, 양뿔사초, 금개구리, 등 멸종위기 야생생물을 동지 삼아 함께 걸어왔다. 방조제가 막힌 후 떼죽음을 당해 시체가 떠오른 뒤에야 새만금 호에서 살고 있었음을 뒤늦게 알게 되었던 상괭이처럼, 그들 모두의 생존은 언제나 위협받고 있었고, 아무도 행동으로 옮기지 않아 결국 죽음에 이르렀고 멸종에 이르렀다. 그런데 어찌 나만 온전하기를 기대하는가! 어찌 나만 죽지 않고, 어찌 인간종만 멸종하지 않으리라고 기대하며, 패배 하나, 실패 하나에 휘청거렸던가.

우리의 길에는 수많은 실패와 죽음이 있어 왔다. 남태령은 트랙터를 끌고 상경한 농민들이 매번 가로막혀 되돌아가야 했던 패배의 장소가 아니었던가. 농민은 생명의 길을 외친 백여 년 전 동학의 붉은 피로 적신 길을 포기하지 않고 오고 또 오지 않았던가. 지난해 겨울, 응원봉의 열기로 농민의 트랙터가 처음으로 서울로 입성할 수 있었던 승리의 장소가 이곳 남태령이었다. 윤정부가 내란의 비상계엄을 내리던 날, 나는 전남 무안에서 군 복무 중인 큰아이를 걱정했다. 아이가 국가의 명에 의해 시민에게 가해의 총을 겨누게 될까 두려웠다. 아이는 제주항공 참사가 일어난 날, 무안 공항으로 지원업무를 나가야 했다. 나는 아이가 험한 것을 보게 될까 두려웠다. 나와 내 아이들에게, 내 친구와 이웃에게, 내 가족과 세상에 일어날 두려움에 진저리치는 일은 계속 일어날 것이다. 두려움은 사라지지 않는다. 그러니 두려움은 실패 앞에 등을 돌릴 이유가 되지 않는다. 오히려 두려움은 길을 가야 할 마땅한 이유가 된다. 우리가 향하는 생명의 길은 끝없는 실패와 수없는 죽음이 깔린 길이었다.

두려움은 사라지지 않으나 함께 걷는 동지가 있다. 남태령의 뜨거운 아스팔트를 빼곡하게 채운 동지가 있다. 반년 전, 차가운 아스팔트를 함성으로 채웠던 응원봉과 트랙터의 동지가 있다. 내가 당신의 동지로 여기 있다. 야채든 곡물이든 제 개성에 맞게 새로운 이름을 지으며 새 삶을 살겠다고 변신한 동지들이 있었다. 여건에 맞게 시간과 마음을 내어 얼굴 맞대는 동지들이 있었다. 외롭지 않도록 함께하는 동지들이 있었다.

서울의 행정법원에 도착하는 날. 얼굴과 팔다리는 새까맣게 탔지만, 생명을 향한 열망은 그보다 열렬하게 타올랐다. 서울의 공기는 달랐다. 행진단의 밝은 인사에 화답하는 시민도 없었다. 복잡한 길을 막았다는 불쾌와 불편감이 먼저 왔는지 무표정으로 행진을 외면한다. 서초구 강남대로의 법원 앞까지 행진을 이어갈 수 없었다. 사전에 경찰과 합의한 대로 딸기팀장은 법원에서 백 미터가량 떨어진 지점에서 행진을 멈추게 했다. 이곳에서 해산하고 각자 흩어져 법원 앞 기자회견에서 다시 모이기로 했다. 거의 한 달을 이어온 행진의 끝이 상당히 시시했다. 구호 하나 외치지 않고, 우리를 경계하는 경찰에 둘러싸인 채 공지사항 알림으로 끝나는구나. 몹시 아쉬웠지만 행진팀장인 딸기의 말에 순순히 새모자를 벗고 땀을 닦는데, 실랑이가 벌어졌다. 간이 바리케이드를 들고 우리 주변으로 늘어서던 경찰이 우리가 다른 곳으로 아예 움직여 나갈 수 없도록 막아서며 우리를 그 자리에 완전히 가두려는 것에 항의하는 소리였다. 꾹꾹 눌러왔던 울분이 터진 딸기는 화가 나 비명 같은 소리를 내지르며 자리에 주저앉아버렸다. 나는 바로 가까이에 있었지만 그를 일으킬 수도, 다독일 수도 없었다. 뜨거운 열에너지처럼 솟구치는 그 눈물을 받아주는 것은 내 역할이 아니었다. 그보다 단단하게 단련된 쇳물 같은 사람이어야 했다. 그때 완두가 다가왔다.

"일어나, 이럴 필요 없어.
우리는 경찰이 가란다고 해서 가고, 가지 말란다고 해서 안

가는 사람들이 아니야.
우리, 노래를 부르자!"*

그 상황에서 노래하고 싶었던 사람은 아무도 없었지만 완두의 말에 따라 천천히 노래를 시작했다. 화가 났지만 어찌해야 할지 몰라 당황하고 긴장감으로 뻣뻣해졌던 몸이 부드럽게 풀리기 시작했다. 분해서 흘러내린 눈물이 땀방울에 섞여 굴러 떨어졌다. 눈물이든 콧물이든 흐르는 것을 흐르게 놔두고 어느새 노래에 맞춰 덩실덩실 춤을 추었다. 경찰은 처음 딸기와 합의했던 대로 경계를 풀었고, 우리는 춤과 노래를 다 하고 나서야 비로소 움직였다.

〈미디어로행동하라 in 새만금〉 영화를 보니 그때의 일들이 속속 기억났다. 고작 몇 달 전의 일이었는데도 까마득한 옛일처럼 느껴졌다. 행정법원에 도착한 뒤, 행진단은 삼일 동안은 법원 앞에서 13,000번의 절을 하며 기도를 이어갔다. 그리고 판결이 나던 날. 패소 판결을 각오하면서 법원 밖에서 피켓 선전전을 하며 덤덤히 결과를 기다리고 있던 날. 법원 문이 열리고 웅성거리는 소리가 커지더니 누군가의 목소리가 귀에 꽂혔다. "이겼다! 이겼어!!" 듣고도 믿을 수 없어 무작정 소리가 들리는 곳을 향해 다가섰다. 뭐라고? 뭐라고? "이겼다! 이겼다!!" 믿을 수 없는 소식에 눈물부터 터져 나와 소리 내어 울었고, 앞에 있는 사람이 누구건 얼싸안고 울었고, 고생한 얼굴을 알아보고 다시 터지듯 울었다. 낯선 승리를 얻은 기쁨의 눈물이었으나 그것은 결국 애도의 눈물이었다. 판결문에는 새만금신공항백지화공동행동이 줄기차게 위험성을 지적했던 버드스트라이크가 실제로 일어났음이 언급되어 있었다. 무안공항 제주항공 조류충돌 참사가 우리의 길에 있었다. 일백칠십구명의 돌연한 죽음이 헛되지 않도록, 같은 일이 반복되지 않도록 기억하고 애도하는 것 또한 우리의 길이었다. 11월은 위령성월이다. 세상을 떠난 모든 이의 영혼을 위해, 또한 앞으로 세상을 떠나갈 우리 모든 살아있는 이를 위해 기도한다. 푸른 날이다.

하제마을 팽나무

뿌리를 뻗을 수 있을까

"무슨 님 자를 붙여. 그냥 완두라고 불러요."

'완두 선생님'도 아니고, '완두님'도 아니고 그냥 '완두'라니. 완두를 처음 완두라고 부르려고 할 때, 입술이 쉽게 떨어지지 않았다. 그가 살아온 세월을 뛰어넘어 함부로 가까이 서는 것이 어려워 한참을 주저했다.

무지개독서회에서도 서로를 별칭으로 부른다. 조카소님, 참새님, 윤슬님. 본명을 사용해도 이름 끝에 직업이나 직책을 붙이지 않고 '-님'을 붙이는 것으로 통일해 부른다. 우리는 다양한 배경의 신입 회원을 환영하지만, 그의 연령, 거주지, 직업, 가족 사항 등의 개인정보를 묻지 않는다. 누군가의 개인정보는 전혀 다른 삶을 살아온 우리가 개별적으로 구축한 사회문화적 선입견을 제공한다. 우리는 그가 어떻게 불리고 싶은지를 묻고 무지개와 연을 맺게 된 동기를 묻는다. 우리는 그가 바라는 대로 그를 호명한다. 함께 책을 읽고, 그가 풀어내는 감상과 생각을 듣다 보면, 삶의 이력이 저절로 드러난다. 이력서가 담지 못한 그의 존재를 만날 수 있다.

책모임에서 책 읽기보다 중요한 것은 타인에게 집중하는 경청과 자신을 드러내는 진솔한 발언에 있다. 발언과 경청에는 피동적 학생의 태도가 아니라, 능동적 주체의 태도가 필요하다. 능동적 시민 주체는 권위에 눌리지 않고 발언한다. 높은 책 이해도를 갖췄다고 자신하는 사람은 책모임에서 특별히 우대받는 권위적 위치를 기대한다. 책 모임에서 우열을 나누는 오만한 시민이 피동적인 시민보다 더 골치 아프다. '무지개 회장'으로 오래 군림한 내가 그러했다. 진지하게 토론에 임하지 않는 회원들을 향한 짜증을 숨기려 했으나 숨겨지지 않았고, 그들보다 잘났다는 오만함이 내 안에 도사리고 있음도 알지 못했다. 무지개에서 서로를 별칭으로 부르는 것은 나를 위해 필요한 규칙이었다. 나는 호칭의 권위 앞에서 섭게 흔들리는 사람이었고 지식과 경험, 그리고 숙련의 정도에 따라 발언의 무게에 은근히 차별을 두고 있었다. 명함에 집착했던 것만큼 이름에 휘둘렸다. 세상에 이름난 이름에 휘둘리는 모습을 들키지 않으려고 과도하게 무례했고, 이름나지 않은 이름 앞에는 불필요한 친절과 배려를 덧붙였다. 완두를 완두라고 부르면서 이름에 휘둘리지 않는 독립적 인간으로서는 훈련이 시작되었다. 의존명사 '님'에 의존하지 않으면서 내 앞에 선 사람을 온전히 존중하는 태도를 익혀가고 있다.

나는 패배와 실패가 두려웠다. 이름 없는 이름이 싫어서 '명함'에 집착했다. 미주알고주알 늘어놓지 않아도 뭘 하는 사람인지 한 마디로 소개할 수 있는 사람이 되고 싶었다. 마켓팅이나 브랜딩 컨설턴트를 만나 상담받아야 했나? 정확히 내가 무엇을 하고 싶은지, 무엇을 해야 하는지 갈피를 잡지 못했다. 지나온 이력은 온통 하다 말다 하는 것뿐이라 앞을 내다보는 데 도움이 되지 않았다. 생일이 오거나 한 해를 넘기는 때가 되면 남편을 붙들고 하소연했다. 이만큼 나이 먹도록 사춘기 고민을 해결 못하는 자신이 한심해 찔찔 눈물

짜고 울적해하니 답답할 노릇이었다. 꽉 동여맨 허명의 껍질이 쉽게 떨어지지 않았다. '무지개 회장'에 오른지 2-3년 되었을 무렵, 기존 회원 전원이 탈퇴를 선언하는 일이 일어났다. 독서회 내 소모임으로 시작한 한국사자격시험공부를 본격적으로 하겠다는 것이 이유였지만, 이제야 돌아보니 오만하게 붙들고 있던 '무지개 회장 직'의 '실패'였다. 새로운 회원들로 독서회가 안정을 찾기까지 함께한 동지가 있어 실패가 실패인 줄 몰랐다.

위태로운 시기에 곁에 있었던 나의 무지개 동지 여행자님은 지구별로 여행을 왔다고 자신을 소개했다. 그는 가입하고 얼마 되지 않아서 갑자기 회원이 빠져나가는 것에 동요하지 않았다. 무지개에 출석하겠다는 자신의 결정을 지금까지 성실하게 지켜왔다. 그는 모든 책을 미리 읽고 꼼꼼하게 노트에 정리했지만, 그가 제일 많이 하는 말은 "아이, 나는 잘 몰라요"였다. "그러니까 그게 너무 저기 해서 아주 그렇게 되버리잖아요, 그렇잖아요. 그러니까 내 말이 무슨 말인지 다 알지요?" 이렇게 말하고 수줍게 웃기 일쑤였다. 무슨 말인지 알 리가 있나. 같은 책을 읽었으니, 주어와 지시대명사를 확인하여 겨우 뜻을 어림하고 짐작했다. 둘이서 두 시간을 얘기하는 날도 많았으니, 천천히 여행자님의 화법에 적응했고, 지금은 필요 없지만, 한때는 여행자님의 말을 '통역'하는 기술까지 습득했었다.

"이제는 나 하고 싶은대로 할 거예요. 요즘은 책도 덜 읽어요. 예전에는 무지개에서 하는 책을 다 읽고 그랬지만, 이제는 꼭 그렇게까지 해야 하나 싶어요. 내가 읽고 싶으면 읽고, 아니면 안 읽기도 해요. 뭔가를 꼭, 반드시, 해야 하는 것은 아니잖아요."

여행자님은 책을 읽어가며 자신의 생을 읽어갔다. 세상이 요구하는 대로 살았던 이전과 달리 지금이라는 생의 페이지를 자신이 바라는 대로, 자신이 직접 내용을 채워 넣는 사람으로 변모하고 있었다. 자신을 대면했고, 자신을 가감 없이 드러냈다. 시골에서 나고 자란 그의 생과 대도시에서 보낸 나의 생 사이에는 시대 감각과 생활 감각의 격차가 있었다. 그와 나는 같은 해에 태어났고, 비슷한 시기에 결혼하고 출산해서 그의 두 아들은 나의 두 아들보다 두어 살 차이가 있을 뿐이다. 나는 결혼 전까지 학교 공간에만 머물렀고, 그는 학교를 일찍 떠나 일을 시작했다. 여행자님과 나누는 대화는 조금씩 나의 껍질을 벗겨주었고, 그저 대도시에서 자라며 길게 공부했다는 이유로 내가 나도 모르게 오만했음을 깨닫게 했다.

"그동안 애 키운다고 정말 안 먹고, 안 입고, 안 쓰고 살았어요. 그렇다고 앞으로 필요하지 않을 것을 낭비하겠다는 거 아니에요. 전에는 죽으면 수목장하려고 했는데, 그것도 낭비 같아요. 『코스모스』 읽어보니 우리는 탄소, 산소, 그런 원자로 구성된 화합물들이고, 죽어서 몸이 썩고 나면 별이나 나무나 나랑 다 똑같은 거잖아요. 그런데 서로 욕심부리고 싸우고 전쟁하고 그러나요. 정말 싫어요. 왜 평화롭게 지내지 못하는 건가요."

"지구를 위해서 할 수 있는 것이 뭔지 잘 모르겠어요. 나는 내가 할 수 있는 것이라도 하려고 애를 써요. 그냥 먹을 만큼만 만들어 먹고 남기지 않는 거, 그게 다예요. 그래서 식당에서 만나는 것도 별로 안 좋아해요. 어쩔 수 없이 반찬이

랑 음식이 자꾸 남잖아요. 집에서 음식쓰레기 안 생기게 하려고 남편이랑 애들한테 싫은 소리 하게 되지만 어쩔 수 없어요. 그런데 나이 먹을수록 힘들어지는데 그런 나한테 전기를 덜 쓰라고, 더 아끼라고 말할 수는 없는 거예요."

여행자님은 걷기를 좋아한다. 자연 풍경을 좋아해서 산과 들로 나가 꽃을 보고 단풍 보는 것을 즐겼지만 요즘 아픈 곳이 자꾸 생겨서 멀리 가지 못하고 동네 산책길에 조성된 맨발 걷기를 즐긴다. 나는 여행자님의 건강을 기원하고 그의 생각과 실천에 감탄하고 반성한다. 그는 필요한 만큼 생산하고 소비하여 가능한 폐기물을 줄이는 지구 보전을 위한 이상적 정책을 생활 속에서 적용하여 살고 있다. 주변의 원성과 반대에 맞닥뜨려도 굴하지 않고 그가 판단한 방향으로 가고 있다.

스베틀라나 알렉시예비치의 『체르노빌의 목소리』를 무지개독서회에서 다시 읽었다. 여행자님의 이야기는 '성장이 뒤쳐진 후발국가'에게 탄소배출 규제를 요구하며 그들의 개발을 막을 수 없다는 의견으로 이어졌다. 여행자님과 나는 8년 전에

이 책을 읽고 한숨을 내쉴 뿐, 아무 답을 찾지 못했다. 40년
여 전의 사고를 다룬 30년여 전의 작품이었지만 10여 년
전[18]에 일어난 후쿠시마 원전 사고로 여전히 현실감 있게
다가온 책이었다. 누구도 방사능 유출을 바라지 않았을 것이
며, 예기치 않은 상황에서 모두가 최선을 다했을 것이다. 그
러나 사고는 일어난다. 정보를 감추고 책임지지 않으려고 외
면했던 일들이 모여 커다란 재난이 되는 모습은 다른 곳에서
도 보았던 바다. 토론이 막바지에 이르렀지만, 선뜻 '원자력
발전을 중단해야 한다'는 말은 나오지 않았다. 위험하다는
것도 알고, 재생에너지 비용이 저렴해졌다는 것을 알면서도,
멈춤을 선언하지 못하고 주저한다. 우리는 찬핵과 탈핵의 갈
림길에 그대로 멈춰버리고 말았다.

토론을 끝내기 위해 결정을 재촉했다. 꺼림직한 공포의 마음
은 탈핵으로 기울었지만, 대부분 '어쩔 수가 없다'며 찬핵을
선택했다. 이유는 '대안'이 없기 때문이었다. 탈핵은 에너지
이전의 시대를 상징하는 것 같았다. 비싼 전기세를 감당할

---

18) 체르노빌 원전 사고 1986년, 『체르노빌의 목소리』 발표 1997년, 후
　　쿠시마 원전 사고 2011년

수 없어서 세탁기, 냉장고, 에어컨, 청소기 등 모든 생활의 편익을 포기하는 것은, 과거 세대가 겪어야 했던 지긋지긋한 가사 노동의 세계로 당장 되돌아가는 것 같았다. 가까스로 그 시절을 탈출해온 지금의 안락함을 유지하려면 찬핵을 선택할 수 밖에 없어 보였다. 대신 '설마'라는 확률의 공포를 감당해야 했다. 나에게는 절대로 아무 사고가 일어나지 않을 것이라 맹목적으로 믿으며, 만약을 위해 가능한 발전소에서 멀리 떨어진 대도시의 삶을 추구하며, 더 이상 생각하기를 거부하며, 지금까지의 살던 방식을 이어가는 것이었다.

이것은 선택이 아니라 관성이었다. 가던 대로 가고, 하던 대로 하는 습성이 우리의 사고와 행동에 배어 있었다. 탈핵과 찬핵 중 하나를 선택해야 한다는 것 역시 우리의 관성이었다. 내가 진짜 바라는 것이 무엇이냐를 생각하지 않는다. 선택지가 틀렸다는 생각을 감히 하지 못한다. 나 역시 각종 생활 가전의 지속적인 사용을 원한다. (사용 횟수를 줄이는 타협은 가능하다) 또한 나는 방사능에 오염되고 몸 안에 비자연물질이 쌓이는 공포를 원하지 않는다. 설마 사고가 일어나 겠냐고 매일같이 도박하듯 사는 불안을 원하지 않는다. 안전하고 안정적인, 평화로운 상태를 바란다. 최대한 내 본연의 모양과 상태로 살던 곳에서 살기를 바란다. 그것이 나의 생태다. 이러한 바람은 현실을 모른다고 비웃음 받기 일쑤다. 많은 돈을 들여 '이미' 만들어둔 원자력 발전소를 통해서 '이미' 많은 에너지를 공급받고 있는 '현실'을 어떻게 멈출 수 있느냐고 묻는다. 결정적으로 '대안'이 있냐고 내게 묻는다. 대신할 에너지가 있는지, 대신할 현실이 있는지를 내게 묻는다.

그뿐인가? 먹거리, 교통, 복지, 안전, 교육, 산업, 노동, 경제, 정치, 외교 곳곳에서 발생하는 문제를 지적하면 대안을 되묻는다. 현실을 직시하는, 문제를 깨닫는 매트릭스의 빨간 약을 먹는 즉시, 앞으로의 모든 먹고 입는 생활이 구석기 시대만큼 불편해질 거라고 협박한다. 화려한 자본과 강력한 기술의 권위를 대신할 대안이 있냐고 조롱한다. 더 많은 에너지 양산과 더 많은 상품의 생산, 더 많은 개발과 더 많은 성장을 요구하는 자본의 팽창은 '어쩔 수가 없다'는 관성을 강화한다. 하던 대로, 가던 대로의 현상 유지가 중요하니 쉴 틈도, 생각한 틈도, 멈출 틈도 용납하지 않는다. 이제는 기술이 더 발전했으니 체르노빌과 후쿠시마에 비교할 바 없이 안전하다며 문제 제기의 틈을 막는다. 나 또한 관성의 유혹에 모르는 척 넘어간다. 그래야 훗날 사고가 터지기라도 하면, 그동안 나는 아무것도 몰랐다고, 정부와 기업이 나를 기만했다고 누군가를 탓하고 비난할 수 있기 때문이다. 그렇게 우리는 무지와 무책임의 상태를 선택해왔다.

우리가 선택해야 할 첫 번째 대안은 멈추어 고민하는 것이다. 실패는 멈추기 딱 좋은 기회다. 틀린 선택지 앞에서는 선택을 선택하지 않아도 된다. 내가 답해야 할 것은 대안이 아니라 내가 가고자 하는 방향이며 바람이다. 성실한 국민이고 충실한 소비자로 학습 받은 나는 나를 기준으로 생각해오지 않았다. 최선을 다해 정부의 입장으로, 기업의 입장으로 생각하며 '어쩔 수가 없이' 내 욕망을 포기해왔다. 내가 살펴야 할 것은 나의 생태다. 나의 생태는 이력서와 명함에 적혀 있지 않다. 내 삶터에 숨 쉬고 있는 내 모양과 내 상태를 살펴야 한다. 나는 여행자가 그러했듯이 나를 그대로 보아야 했다. 대도시와 학교의 세계에서 늘 주눅 들어 자신감이 없었던 내 상태를, 도시와 학교를 명함으로 삼아 오만하게 굴었던 내 모양을.

수라갯벌에서 생명을 보았다. 눈에 금방 보이지 않아서 아무것도 없는 줄 알았던 갯벌에 뭇 생명이 우글우글한 것을 보았다. 드넓은 갯벌에서 꿈틀대는 생명의 신비를 이제야 본다. 보기에 좋고, 쓰임에 좋아서 아름다운 것이 아니다. 살고자 쉼 없이 꿈틀대는 호흡이라는 기적이 아름답다. 내가 두려워했던 나의 자잘한 실패와 내 보잘 것 없는 발버둥 역시 살기 위한 꿈틀거림이었음을 이제야 본다. 내가 바로 생명이었음을 이제야 본다. 나는 편안하고 평화로운 상태를 바란다. 즐겁고 아름다운 모양을 바란다. 나의 모양과 상태를 온전히 마음으로 품어 내기를, 내 삶이 놓인 낯선 삶터에 뿌리내리기를, 내가 생명으로 살아가기를 바란다.

나는, 살고자 한다.□

활달하다, 활기차다

서울 사람이 군산에 왔다. 새로운 만남이다. 격의 없이 아주
활달한 여성으로 금세 친해졌다.

『왜 서울에 살아』를 읽고, 김규영을 더 알게 됐다. 교수, 배
우, 주부, 두 아이의 엄마. 그리고 평범한 시민이면서 뜻을
찾는 삶. 옳고 그름을 판단하고 새 길을 찾고, 주저 없이 새
길에 동참하는 삶을 사는 사람이라는 생각이 돼 더 친근감이
든다.

책은 '서울촌것의 수라정착기'라는 부제를 달고 있다. 좌충
우돌, 우왕좌왕할 것 같지만 흑미의 정착기는 낯설거나 서툴
지 않다. '왜 서울에 살아'하는 물음에 수많은 답이 있겠지
만 흑미는 '군산에서 이렇게 살아!'라고 답한다.

내가 사는 곳은 어디인가, 어떤 곳에 살고 싶은가, 어떤 사람으로서, 어떻게 살아갈 건가 생각하고 나선다. 있는 자리에서 자신의 문화를 창출하는 삶을 살고 있다. 책을 읽어보면 전반적으로 그 냄새가 풍긴다.

흑미의 수라정착기이지만 군산의 역사와 문화, 현재를 볼 수 있는 안내서이기도 하다. 새로운 삶터에 대한 다정한 이해를 바탕으로 자신의 삶터로 일궈가는 흑미의 정착기, 참 활기차다.

문정현 신부와 평화바람 식구들

자칭 '서울 촌것'의 수라정착기를 읽고

김규영은 자신의 대학 시절까지의 삶을 '서울 촌 것'이라 명명한다. 서울에서 나고 자라고 서울대학교 대학원 박사과정을 수료한 재원이 군산에 정주하면서 자신을 '서울 촌 것'이라 솔직하게 인정하고 이를 지역의 구성원으로 제대로 뿌리를 내려 살기 위한 대전회(大轉回)의 명제로 채택하고 있다,

 서울 '지역'에서는 도무지 얻을 수 없는 시민으로서의 높은 소속감과 현장감을 군산에서의 구체적 삶을 통해 실감하며 도달해가는 삶의 역정, 아니 그 실패의 과정을 담담하고 당당하게 이 책은 보여준다. '내 집' '내 식구'에서 '우리 식구', '우리 동네'로 나아가 우리 나라, 우리 행성으로 신나게 닿아가는 생생하고 신나는 질주를!

그리고 마침내 그는 다시 하제마을 팽나무 어르신과 수라 갯벌의 '통통마디'를 비롯한 염생식물, 살아 있기도 하고 죽기도 한 조개를 확인하러 갯벌로 오는 사람들, 그 위를 나는 황새나 저어새와 함께 춤추며 우는 사람들, 그 모든 생명과 생령의 뒷배인 '평화바람' 식구들과 두 분 신부님 옆에서 때로 춤을 추기도 한다. 동시에 때로 책을 나누어 읽으며 신명을 북돋기도 한다.

그의 삶이 신나는 시(詩)가 되어가고 있다.

강형철(시인, 한국작가회의 이사장)

외로운 행성에서 다정하게

이 책을 읽었을 때 깜짝 놀랐다. 서울 촌것 저자가 아무 연고도 없는 군산에 내려와 살면서 수라의 '아름다움을 본 죄'로 군산에 정착하게 되는 과정이 나의 여정과 놀랍도록 비슷했기 때문이다. 이 책은 우연히 낯선 도시에 살게 된 한 사람의 이야기이지만, 꼭 군산에 관한 책만은 아니다. 이 책을 집어 든 당신이 만약 광활한 우주의 외로운 행성, 작고 푸른 별 어딘가에 실핏줄 같은 뿌리를 내리고 그 뿌리를 통해 그 장소의 사람들, 생명들과 다정하게 연결되고 싶다면, 그럼으로써 홀로 대신 함께 살아가는 힘을 얻고 싶다면, 바로 당신에게 이 책을 강력 추천한다.

황윤(다큐멘터리 영화 〈수라〉 감독)